KURZ VOR DEM RAND

Für Leo und Bene

Eva Rottmann, geb. 1983 in Wertheim, lebt mit ihren Kindern in Zürich, schreibt Theaterstücke und Prosa, entwickelt eigene Performance- und Theaterprojekte, arbeitet als Literaturvermittlerin in Schulklassen und als Lehrbeauftragte an der Zürcher Hochschule der Künste. Für ihre Arbeit wurde sie mehrfach ausgezeichnet.

Kurz vor dem Rand wurde im Oktober 2023 mit dem **Lektorix** des Monats der STUBE ausgezeichnet. Im Oktober und November 2023 war es jeweils unter den **BESTEN 7 Büchern für junge Leser*innen** und im Dezember 2023 erhielt es den **LUCHS-Buchpreis** des Monats. Im März 2024 wurde es für den **Schweizer Kinder- und Jugendbuchpreis** nominiert. Und im Oktober 2024 wurde es mit dem **Deutschen Jugendliteraturpreis in der Sparte Jugendbuch** ausgezeichnet.

Eva Rottmann

KURZ VOR DEM RAND

Verlagshaus Jacoby Stuart

The grief that does not speak, whispers the o'erfraught heart, and bids it break. –
Der Kummer, der nicht spricht, nagt leise am Herzen, bis es bricht.

William Shakespeare, Macbeth

Ich heiße Ari, und dies ist die Geschichte meiner ersten Liebe. Sie geht nicht gut aus, das sag ich euch gleich. Also wenn ihr auf Happy Ends steht, legt ihr das hier lieber weg und geht euch ein Eis kaufen. Es ist mir ehrlich gesagt scheißegal. Ihr könnt das machen, wie ihr wollt. Ich sag euch einfach, was auf euch zukommt.

Bob hat mir ein großes rotes Buch mit linierten Seiten geschenkt, es liegt seit Tagen auf meinem Schreibtisch. Bob sagt, ich soll alles aufschreiben, was in den zwei Wochen nach Ostern passiert ist. Es hilft, sagt er. Ich glaube nicht, dass es hilft. Ich glaube nicht, dass irgendwas hilft. Aber ich denke sowieso an nichts anderes. Also habe ich vorhin das rote Buch aufgeschlagen und einen Stift in die Hand genommen. Ich habe überlegt, wie ich anfangen soll, und dann ist mir eingefallen, was Tom mal gesagt hat. Dass es nämlich gar keine Anfänge gibt.

»Verstehst du«, hat er gesagt, »irgendwas ist immer schon da gewesen und nichts kommt aus nichts, im Universum nicht und auch nicht im Leben. Jede Sache, die passiert, passiert nur deswegen, weil vorher andere Sachen passiert sind. Nicht mal die Geburt ist ein Anfang, das läuft alles schon, du kommst einfach dazu. So wie, keine Ahnung, ein neuer Schauspieler in einer Soap oder so. Und dann find dich mal zurecht. Komm klar oder geh sterben.«

Ich weiß nicht, ob das für alle Menschen gilt. Aber in Bezug auf meine Geburt stimmt das auf jeden Fall. Meine Geburt war kein Anfang, sondern viel eher die Fortsetzung der gesammelten Katastrophen, die das Leben meiner Mutter darstellten. Meine Mutter heißt Fanni und ist crazy. Das ist kein Spruch, das ist amtlich. Es wird schon dann klar, wenn man hört, welchen Vornamen sie mir gegeben hat. Ich meine, welche Frau bei klarem Verstand und im Vollbesitz ihrer geistigen Fähigkeiten nennt ihre Tochter *Arielle*? Kein Scheiß. Arielle, die Meerjungfrau. Das ist Fannis absoluter Lieblingsfilm. Sie kennt den ganzen Text komplett auswendig. Dass ich Arielle heiße, weiß so gut wie kein Mensch. Ich stelle mich immer als Ari vor. Sogar in den Akten meines Ausbildungsbetriebs bin ich so vermerkt. Irgendwann lasse ich meinen Namen ganz offiziell ändern, Bob sagt, das geht. Bis dahin kann ich einfach nur hoffen, dass niemand rauskriegt, dass ich nach einer Disney-Prinzessin benannt bin, die sich mit einer Gabel die Haare kämmt und ihre Stimme abgibt für einen Typen, den sie zweimal im Leben gesehen hat.

Jedenfalls, wenn Tom recht hat, also wenn es wirklich keine Anfänge gibt, sondern alles von einem ins andere schwappt ohne klare Trennlinie und manchmal auch ohne Sinn, dann bedeutet das, dass jede Erzählung eine Lüge ist. Weil Erzählungen so tun, als ob es einen Anfang gibt. Vielleicht ist das alles, was ich jetzt erzähle, eine Lüge. Vielleicht ist das alles gar nicht wahr. Aber ich erzähle es trotzdem. Und ich sage, dass es am Ostermontag angefangen hat. Wann, wenn nicht dann.

TAG 1

An dem es endlich nicht mehr regnet, es dafür High Noon schlägt, Champagner an der Tankstelle gekauft wird und ich knapp daneben werfe.

Ostermontag würde ein guter Tag werden, das wusste ich sofort. Ich wachte auf und sah, dass die Sonne schien. Das ganze Osterwochenende war verregnet gewesen. Am Karfreitag waren wir bei Teddy gewesen, hatten Musik gehört, Videos geguckt, dies, das, was wir eben so tun, wenn es regnet. Irgendwann war uns langweilig geworden und wir waren zu Bob in den Laden gegangen. Den Samstag hatten wir in der Kaufland-Tiefgarage verbracht, aber spätestens nach zwei Stunden in der abgestandenen Abgasluft kriegten wir Atemnot und mussten zurück an die frische Luft. Am Sonntagnachmittag hatte es aufgehört zu regnen, aber die Straßen waren noch bis zum Abend nass gewesen. Ich weiß, dass Regen wichtig ist. Die Natur braucht Regen. Landwirtschaft, Tiere und so weiter. Aber könnte man nicht einfach sagen, dass es nur dort regnet, wo es nötig ist? Die Menschen erfinden alle möglichen Sachen, selbstfahrende Autos, Bier ohne Alkohol, Raketen, die zum Mars fliegen können. Es sollte nicht so schwer sein, gewisse Bereiche, zumindest in Städten, regenfrei zu machen, oder? Ich meine, was für einen Sinn hat es, dass es auf Asphaltplätze regnet? Das ist im Prinzip eine gigantische Wasserverschwendung. Man könnte das ganze Wasser, das im Moment noch vollkommen umsonst auf Asphaltplätze fällt, sammeln und es dahin umleiten, wo es wirklich nötig ist. In die Sahelzone oder so. Asphalt muss nicht beregnet werden. Asphalt hat, zumindest in meinen Augen, nur einen einzigen wirklichen Zweck. Man braucht ihn, um zu skaten.

Noch während ich im Bett lag, piepste mein Handy, und ich wusste, ohne nachzusehen, dass es eine Nachricht von Yasin, Lou oder Teddy war, die garantiert genauso wie ich darauf brannten, in den Park zu gehen.

Der Park, wie wir ihn nennen, ist eine Skateanlage und für viele Jugendliche der heißeste Ort in der ganzen Stadt. Dort ist der Sommer, auch wenn es noch lange nicht Sommer ist, dort sind die Leute und das gute Leben. Es riecht nach Zigarettenrauch und nach Gras. Direkt neben dem Park ist der Fluss, und ab und zu weht eine kühle Brise über den Platz. Irgendjemand hat immer eine Boombox dabei. Auf den Bänken am Rand sitzen Mädchen und quatschen, Handy in der einen, Alcopop in der anderen Hand. Und wir fahren Skateboard.

Ich kann mich nur noch dunkel an das Leben ohne mein Skateboard erinnern. Ehrlich gesagt weiß ich nicht, was ich mit all der Zeit gemacht habe. Ich hatte kaum Freund*innen, wahrscheinlich weil ich ziemlich leicht reizbar war und mich regelmäßig mit irgendjemandem prügelte. Die Mädchen aus der Siedlung hatten, glaube ich, ein bisschen Angst vor mir, meistens gingen sie weg, wenn ich irgendwo auftauchte. Ich wollte sowieso nicht Barbie oder Gummitwist oder Mutter-Vater-Kind mit ihnen spielen, das waren Spiele, die mich wirklich zu Tode langweilten. Aber dass es nicht besonders zur guten Laune beiträgt, wenn die Leute vor dir weglaufen, liegt irgendwie auf der Hand. Ich wurde immer wütender, mit sieben, acht Jahren rannte ich als eine Art Mini-Godzilla durch die Siedlung und suchte nach Gelegenheiten, diese unglaubliche Wut abzulassen, die sich in mir staute wie Elektrizität in einer Gewitterwolke. Bei den Jungs, die eigentlich immer Fußball spielten, durfte ich zwar mitmachen, allerdings stellten sie mich meistens im Tor ab. Von dort aus brüllte ich Befehle über den Platz, und wenn jemand aus meiner Mannschaft einen Fehler machte und ich ein Tor kassierte, wurde ich manchmal so aggressiv, dass die Jungs mich packten und vom Platz trugen. Dann ging ich nach Hause, legte mich auf mein Bett und starrte aus dem Fenster. In meiner Erinnerung liege ich ziemlich oft auf meinem Bett und starre aus dem Fenster.

Zu meinem neunten Geburtstag schenkte Bob mir mein erstes Skateboard. Es war ein Komplettboard von Baker, bereits fertig verschraubt, schwarz-weiße Schrift auf rotem Untergrund, das schönste Geschenk, das ich jemals bekommen habe. Eigentlich war es viel mehr als ein Geschenk. Es war eine lebensrettende Maßnahme. Ich habe nie mit Bob darüber gesprochen. Aber ich glaube, er wusste ganz genau, was er tat, als er mir das Baker-Board schenkte. Erst als ich anfing zu skaten, fing mein richtiges Leben an. Anfänge. Da sind sie wieder. Das eine hat mich zum anderen geführt, hat Tom dazu gesagt. Wenn all die Wut und das Traurige und Schwere vorher nicht gewesen wären, dann wäre ich wahrscheinlich gar keine Skaterin geworden. Basishass, nannte er das. Man braucht einen gewissen Basishass, um zu skaten.

Tom. Ja, Tom.

Er tauchte am Ostermontag zum ersten Mal im Park auf. Und er hatte definitiv Basishass. Mehr als genug.

***

Es war kurz nach zehn Uhr, als ich im Park ankam. Außer mir waren erst ein paar kleine Kinder und ihre Eltern dort. Warum Leute mit ihren zwei- oder dreijährigen Kindern Ausflüge in einen Skatepark machen müssen, verstehe ich nicht. Es gibt so viele Spielplätze in der Stadt. Wer hat etwas davon, dass die kleinen Stöpsel mit ihren Plastikrollern in der Miniramp herumstehen? Und wenn überhaupt, dann sollten diese Eltern ihren Kindern wenigstens ein Skateboard vor die Füße legen. Roller sind meiner Meinung nach eine absolut überflüssige Erfindung. Im Park gibt es zwar ein paar Jungs, die ihre Roller *Scooter* nennen und ziemlich krasse Sachen damit machen. Aber in den meisten Fällen sehen Leute auf einem Roller eher peinlich aus. Am schlimmsten sind Erwachsene. Wenn ich in der Stadt einen von diesen Businesstypen sehe, die im schicken Anzug durch die Straßen rollern, könnte ich direkt sterben vor Fremdscham.

Ich legte meinen Rucksack ab und nickte den Eltern zu, die auf den Sitzbänken am Rand saßen und ihren Kindern beim Herumstehen zusahen. Dann wählte ich meine Reggae-Playlist an und drehte mit Bob Marley auf den Ohren meine erste Runde durch den Park. Ich machte ein paar Ollies zum Aufwärmen, das Brett fühlte sich gut an unter meinen Füßen. Die Sonne strahlte vom Himmel, die Luft war mild, es roch so sehr nach Frühling, ich hätte schreien können vor Glück. Ich nahm Anlauf und flog mit meinem Brett über den Kicker, ein kleiner Junge riss die Augen auf und rief: »Woooow!!«

Als Yasin und Lou etwa eine Stunde später in den Park kamen, war ich schon schweißnass. Die Kleinkinder und ihre Eltern waren mittlerweile nach Hause gegangen, der Park füllte sich langsam mit unseren Leuten. Natürlich waren wir nicht mit jedem Kind befreundet, das mit einem Rollbrett im Park erschien. Aber wenn ein Typ über zwölf Jahre alt war und regelmäßig Skateboard fuhr, dann kannten wir ihn. Wir hätten auch die Mädchen gekannt. Aber es gab keine. Es gab nur einen Haufen Jungs, mich und Lou. Seit ein paar Wochen tauchte ab und zu eine Gruppe von jüngeren Mädchen im Park auf, der Ari-Fanclub, wie Teddy sie nannte. Sie waren etwa zehn Jahre alt, genau in dem Alter, in dem auch ich zum ersten Mal auf einem Skateboard gestanden hatte. Ich hoffte, dass sie dranbleiben und in ein oder zwei Jahren dafür sorgen würden, dass der Park nicht mehr so ein Boysclub war. Ich weiß, dass es anderswo viele Mädchen und Frauen gibt, die Skateboard fahren, manche richtig professionell. Ich sehe sie jeden Tag auf Social Media, sie werden gesponsert, machen heftige Videoparts, nehmen an den Olympischen Spielen teil und alles. Aber in unserer Stadt kann man den Eindruck kriegen, dass wir noch im 18. Jahrhundert leben. Im Park sind natürlich auch Mädchen, Leyla und ihre Freundinnen zum Beispiel, und ab und zu lassen sie sich von einem der Jungs Unterricht geben. Unterricht in Anführungszeichen. Weil – natürlich geht es nicht ums Skateboardfahren. Das wird schon an der Art und Weise klar, wie sie kichern und ihre langen Haare zwischen den Fingern drehen. Ehrlich, ich könnte kotzen, wenn ich das sehe. An dem Tag, an dem ich meine Haare zwischen den Fingern drehe, darf man mich standrechtlich erschießen.

Leyla war an diesem Ostermontag auch im Park. Sie kam fast zeitgleich mit Yasin und Lou an und setzte sich zu ihren Freundinnen auf eine Parkbank, einen großen Bubbletea-Becher in der Hand. Ich konnte Leyla nicht leiden und winkte nur kurz zu ihr rüber. Yasin und Lou dagegen gingen zu ihr und begrüßten sie mit Umarmung und Küsschen, noch bevor sie mir hallo sagten. Yasin war scharf auf Leyla, das wussten wir alle, obwohl er es nicht zugeben wollte. Ich konnte nicht verstehen, was er an ihr fand, in meinen Augen befanden sie sich an zwei entgegengesetzten Polen der Weltordnung. Yasin cool, Leyla scheiße. Um es vereinfacht auszudrücken.

Nachdem sie Leyla und ihre Freundinnen abgeküsst hatten, rollten Lou und Yasin zu mir rüber und warfen ihre Rucksäcke neben meinen auf die Sitzbank.

»Hey Ari«, sagte Lou.

»Was geht ab«, sagte Yasin.

»Easy«, sagte ich.

Wir begrüßten uns mit Handschlag. Wie wir das immer taten. Wenn ich plötzlich auch eine Umarmung und ein Küsschen gefordert hätte, wären sie wahrscheinlich völlig aus dem Konzept gekommen. Teddy sagt manchmal, ich würde nicht zählen als Mädchen. Dann lachen alle, aber ich für meinen Teil finde es nicht besonders lustig. Nur weil ich keine Ahnung von Schminke habe und T-Shirts lieber in XL als in XS trage, heißt das ja nicht, dass ich ein Junge bin. Das glaubt mir nur niemand so richtig. Sogar Bob sagt, dass an mir ein Junge verloren gegangen sei. Ich verstehe nicht, was das heißen soll. Wieso denn verloren gegangen? Wohin denn verloren? Vermisst ihn irgendjemand? Sitzt er im Fundbüro für verlorene Jungs und schickt Hassmails in den Orbit, um sich darüber zu beschweren, dass mein Körper so unverschämt gewesen war, sich zu einem Mädchenkörper zu entwickeln, oder was?

»Ist Teddy noch nicht da?«, fragte Lou und zog das Haargummi aus den Haaren, um sich gleich darauf einen neuen Zopf zu binden.

»Nee«, antwortete ich. »Und das kann von mir aus auch noch eine Weile so bleiben.«

Lou lachte und knotete die Haare oben auf dem Kopf zu einem nestartigen Zopf zusammen. Lou wurde von Teddy, im Gegensatz zu mir, früher oft als Mädchen bezeichnet. Vielleicht weil Lou die Haare schulterlang trägt, sich manchmal die Fingernägel anmalt und ein Faible für große Perlenketten hat. Es hat ein halbes Leben gedauert, bis Teddy mal darauf klargekommen ist, dass Lou weder Mädchen noch Junge ist, ich glaube, das hat Teddys Gehirngrenzen wirklich gesprengt. Aber Lou und Teddy sind schon seit dem Kindergarten befreundet, und irgendwann hat Teddy lieber eine Gehirnsprengung in Kauf genommen als

Lou als Freund*in zu verlieren. Ich meine, versteht mich nicht falsch. Teddy ist schon in Ordnung. Ich weiß, dass ich immer auf ihn zählen kann, wenn es darauf ankommt. Wenn ich in einer Gletscherspalte oder so festsitzen würde, wäre er einer der ersten Menschen, den ich anrufen und um Hilfe bitten würde. Nur leider kommt es selten vor, dass ich in Notsituationen gerate, in denen Teddy seine Verlässlichkeit beweisen kann, und so rein alltagstechnisch ist Teddy eher der Typ Mensch, von dem man sich ab und zu wünscht, dass er in eine Gletscherspalte fällt. Er redet ohne Pause und meistens nichts, das den Tag irgendwie heller macht. Es war tatsächlich nicht so schlimm, dass er an diesem Ostermontag erst am Nachmittag in den Park kam und wir ein paar Stunden Ruhe vor seinem Gequatsche hatten. Er selbst ärgerte sich später allerdings wahnsinnig darüber, dass er auf diese Weise Toms ersten Auftritt verpasste.

»Legende«, sagte er, als wir ihm davon erzählten. »Einfach Legende. Was für eine Aktion. Und ich war nicht dabei.«

Ich würde nicht *Legende* dazu sagen, sondern eher so etwas wie *Arschlochaktion.* Aber dabei war ich, das steht fest.

***

Gegen Mittag war der Park bereits ziemlich voll. Patrick war da, der sich im letzten Sommer die Vorderzähne an der Miniramp ausgeschlagen hatte. Veton war da und auch der schöne Fabian, der schon mit fast jedem Mädchen der Stadt geknutscht hatte. Daniel, Jason und Kevin, die immer zusammen kamen und zusammen wieder gingen. Fussel, der so hieß, weil er so aussah mit seinen verfilzten Dreads, die in alle Richtungen von seinem Kopf abstanden. Milad, den wir in letzter Zeit nicht mehr so oft im Park gesehen hatten, weil er bis über beide Ohren verknallt war und Tag und Nacht mit seiner Freundin verbrachte.

Die drei kleinen Mädchen vom Ari-Fanclub waren auch da und noch etwa ein Dutzend anderer Skater, die ich jetzt nicht alle aufzähle. Es war eine friedliche und entspannte Stimmung. Ich stand gleich beim ersten Versuch einen Backsideflip über die Hip, was ich noch nicht oft geschafft hatte (erst recht nicht first try) und was mir so gute Laune machte, dass mich nicht einmal Leyla und ihre Freundinnen störten, die am Rand saßen und gackerten wie ein Hühnerstall auf Après-Ski. Die Sonne schien direkt auf den Platz, ich hatte schon längst meinen Pullover ausgezogen, so wie Lou, Yasin und alle anderen auch. Ich glaube tatsächlich, dass niemand sich nach ein paar Regentagen so sehr über schönes Wetter freut wie Leute, die Skateboard fahren. Im T-Shirt rollten wir über den Platz, und alle, wirklich alle hatten ein Grinsen auf dem Gesicht.

Und dann kam Tom. Es war zwölf Uhr, ich weiß das, weil unmittelbar zuvor die Kirchturmuhr geschlagen hatte. Hinterher habe ich mich gefragt, ob er diesen Zeitpunkt bewusst gewählt hat für seinen Auftritt. High Noon. Wie in den Westernfilmen, wenn die Sonne im Zenit steht und der Anti-Held die Stadt betritt. *Heuballen rollen durchs Bild. Der letzte Glockenschlag hallt noch nach. Und allen stockt der Atem.*

Der Park, das habe ich schon erwähnt, liegt direkt neben dem Fluss. Zwischen dem Uferweg und dem Asphalt des Parks gibt es einen etwa zwei Meter breiten Grasstreifen. Die Stadt hat es versäumt, einen asphaltierten Verbindungsweg zu bauen, sodass wir alle unser Skateboard in die Hand nehmen und über diesen Grassteifen laufen müssen, wenn wir in den Park wollen.

Wir konnten Tom schon von Weitem hören, bevor wir ihn sahen. Er pushte mit einem Affenzahn den Uferweg entlang, ohne Rücksicht auf die Spaziergänger*innen zu nehmen, die, da schien er sich sicher zu sein, ihm schon ausweichen würden.

Kurz vor dem Park beschleunigte er noch einmal, dann poppte er das Board in die Luft und flog mit einem gewaltigen Ollie über den Grasstreifen in den Park. Dabei fuhr er fast die drei kleinen Mädchen über den Haufen, die am Rand standen und Shuv-its übten. Automatisch wichen wir alle ein bisschen zurück, sogar Leyla und ihre Freundinnen hörten auf zu reden und sahen mit offenen Mündern zu, wie Tom, immer noch mit einem wahnsinnigen Speed, auf den Kicker fuhr und in die Luft flog, wobei das Board sich in einem perfekten Treflip unter ihm drehte. Er landete lässig auf dem Brett, stoppte und sah sich um, als würde er auf Beifall warten. Aber niemand klatschte. Es war ganz still, wir alle standen da und starrten ihn an. Lou fand zuerst die Sprache wieder.

»Bist du bescheuert, oder was?«, rief Lou und zeigte auf eines der kleinen Mädchen. Sie stand heulend am Rand, und aus ihrer Nase lief Blut – eine ihrer Freundinnen hatte ihr vor Schreck mit dem Arm ins Gesicht geschlagen, als Tom neben ihnen gelandet war.

»Tut mir leid, okay?!«, rief Tom.

»Bei mir musst du dich nicht entschuldigen«, sagte Lou und ging zu unseren Rucksäcken, um eine Packung Taschentücher zu holen. »Ich blute nicht aus der Nase.«

»Bisschen Blut gehört dazu, oder?«, rief Tom. »Wenn sie das nicht aushält, soll sie nach Hause gehen und mit ihren Puppen spielen.«

Yasin neben mir schnaubte leise und schüttelte den Kopf.

»Geh selber nach Hause, du Wichser!«, rief ich Tom zu.

Tom guckte mich an, und für einen Augenblick war sein Gesicht vollkommen ernst. Er musterte mich, ich konnte richtig sehen, wie es hinter seiner Stirn arbeitete. *Immer noch High-Noon-Stimmung. Irgendwo bläst jemand auf einer Mundharmonika »Das Lied vom Tod«*. Dann hob Tom lächelnd die Hände in die Luft, als würde er sich ergeben. Ich zeigte ihm den Mittelfinger. Yasin lachte.

»Okay, whatever«, sagte ich und drehte mich zu Yasin um. »Spielen wir ein S.K.A.T.E.?«

»Von mir aus«, antwortete Yasin.

Wir spielten Schere-Stein-Papier, um zu bestimmen, wer anfangen durfte. Aus dem Augenwinkel verfolgte ich, wie Tom zu den kleinen Mädchen ging und mit ihnen redete. Das Mädchen mit dem Nasenbluten saß auf einer Bank, sah mit zurückgelegtem Kopf in den Himmel und tupfte mit einem Taschentuch unter ihrer Nase herum. Tom sagte etwas zu dem Mädchen, sie nickte, und dann gaben sie sich die Hand. Danach sagte Tom etwas zu Lou, und sie fingen an, sich zu unterhalten.

»Pff«, machte ich. »Was für ein Opportunist.«

»Ich hoffe, du redest nicht über mich, junge Dame«, sagte eine Stimme hinter uns. »Sonst gibt's auf den Popo vom Oppopopo.«

Wir drehten uns um und da stand Teddy und grinste. Er war über den Grasstreifen gelaufen, ohne dass wir ihn bemerkt hatten.

»Wir reden nie über dich, Teddy«, sagte ich. »Wo kämen wir da hin.«

»Ja, eben«, sagte Teddy und begrüßte uns mit einem Handschlag. »Was genau ist eigentlich ein Oppodingsbums? Was du gerade gesagt hast?«

»Opportunisten sind Leute, die ihre Meinung ändern, wenn sie glauben, dass sie damit bei anderen besser ankommen«, sagte ich.

»Wie eine Fahne im Wind«, ergänzte Yasin.

»Ah, I see«, sagte Teddy. »Und dieser Typ neben Lou, das ist so einer?«

»Yep«, sagte ich.

»Okay, verstehe«, sagte Teddy und nickte ernst.

»Was verstehst du?«, fragte ich.

»Dass wir ihm aufs Maul hauen«, antwortete Teddy.

»Wir hauen ihm ganz bestimmt nicht aufs Maul«, sagte Yasin. »Wieso willst du immer allen aufs Maul hauen?«

»Wieso ich? Ich hab das nicht gesagt. Ari hat das gesagt«, verteidigte sich Teddy.

»Hab ich überhaupt nicht«, sagte ich.

»Zwischen den Zeilen, my love«, sagte Teddy. »Ich hab zwischen den Zeilen gelesen.«

»Ist klar«, sagte ich. »Als könntest du zwischen den Zeilen lesen. Du kannst ja nicht mal in den Zeilen lesen.«

»Okay. Schluss jetzt, Kinder«, sagte Yasin. »Ari und ich wollten grad ein S.K.A.T.E. spielen. Machst du mit?«

»Logisch«, sagte Teddy. Er legte seinen Rucksack ab, und wir spielten erneut Schere-Stein-Papier um die Anfangsposition. Teddy gewann.

»Und du willst ihm doch aufs Maul hauen, Ari«, sagte Teddy, bevor er seinen ersten Trick machte. »Ich kenn dich doch.«

Er pushte sich mit einer kräftigen Bewegung vorwärts und positionierte die Füße auf dem Brett. Ich guckte rüber zu Lou und Tom, die sich immer noch unterhielten. Teddy kannte mich wirklich gut. Ich hätte diesem Tom tatsächlich gerne eine reingehauen. Irgendwas an ihm machte mich unglaublich aggressiv.

***

Ob ich jemanden mag oder nicht, weiß ich meistens ziemlich schnell. Mir reichen ein paar Sätze, dann weiß ich, wer vor mir steht und ob wir klarkommen. Die Leute halten sich immer für wahnsinnig individuell. Dabei gibt es im Grunde nur zwei Kategorien. Entweder du bist bei den Arschlöchern oder du bist bei den Guten. Kann schon sein, dass sich die Kategorien spiegelverkehrt vertauschen, je nachdem auf welcher Seite du stehst. Aber wenn du es runterbrichst, landest du immer wieder dort. Die Arschlöcher und die Guten. Das ist alles, was du brauchst, um deine Welt zu sortieren.

Tom war einer von den Arschlöchern. Davon war ich am Anfang absolut überzeugt. Diese Meinung habe ich später geändert, obviously. Sonst würde ich jetzt ja nicht hier sitzen und über ihn schreiben. Aber als ich ihn kennenlernte, fand ich ihn wirklich ätzend, und es wäre falsch, etwas anderes zu behaupten.

Nachdem Teddy das S.K.A.T.E.-Spiel gewonnen hatte, saßen wir auf den Bänken am Rand und guckten Tom zu, der durch den Park fuhr wie ein Teufel. Noch nie war jemand den Park so gefahren wie Tom. Er fuhr sogar besser als Lou, und das heißt was.

»Was für ein Style«, sagte Teddy.

Style, für alle, die es nicht wissen, ist die Art und Weise, wie jemand Skateboard fährt, welche Tricks man macht, wie der Körper sich dabei bewegt und so. Style ist individuell, Lou zum Beispiel fährt wahnsinnig schnell und flink und hat ein Faible für weirde Oldschool-Tricks, die sonst niemand kann. Yasin sieht auf seinem Skateboard ein bisschen aus wie ein Babystorch, er fährt zwar auch ziemlich gut, aber er ist so dünn und manche Sachen macht er so wackelig, dass ich vor Schreck die Luft anhalten muss. Tatsächlich verletzt er sich von uns allen mit Abstand am häufigsten. Bei Teddy, der eher kräftiger gebaut ist, sieht alles so aus, als würde er sich in Zeitlupe bewegen. Er macht keine einzige Bewegung zu viel, bewegt sich souverän, aber sehr gemütlich, und das alles zusammen erzeugt den Eindruck, dass er langsamer fliegt und fällt als wir anderen.

Tom fuhr aggressiv und sehr schnell, gleichzeitig stand er selbstverständlicher auf seinem Skateboard als manche Leute auf dem festen Boden. Es war ziemlich beeindruckend, das musste ich zugeben. Selbstbewusst und ohne jedes Zögern flippte und drehte er das Brett unter seinen Füßen, alles sah so unglaublich einfach aus bei ihm. Leute, die nicht Skateboard fahren, hätten wahrscheinlich niemals vermutet, wie viele Jahre Arbeit dahintersteckten.

»Dude, whaaaat?!«, rief Yasin. »Habt ihr die Line gesehen?! Nollie Flip Crooked Grind am Curb, Frontside Flip Desaster an der Quarter und dann noch einen Impossible über die Hip?!«

»Und was für einen Impossible«, sagte Lou.

»So clean«, sagte Teddy.

»Er ist Gott«, sagte Yasin. »Ich glaube, er ist einfach Gott.«

»Ja Mann«, sagte Teddy. »Das könnte schon sein. Es ist Ostern. Steht ja auch in der Bibel. *Am dritten Tag kam er hinab auf die Erde und zeigte all den Losern, wie man shredded.*«

Dass Tom nur etwa eine Stunde vorher den totalen Arschloch-Auftritt hingelegt hatte, spielte keine Rolle mehr für sie. Er konnte unfassbar gut skaten, und unter dem Strich reichte ihnen das für eine Charakterbewertung vollkommen aus. Sie hätten auch Lord Voldemort ins Herz geschlossen, wenn er einen ordentlichen Kickflip im Repertoire gehabt hätte. Und Tom hatte mehr als einen Kickflip im Repertoire, viel mehr.

»Junge«, sagte Teddy, als Tom sich irgendwann zu uns setzte. »Wo hast du so skaten gelernt?«

Tom zuckte die Schultern und wischte sich mit dem T-Shirt den Schweiß von der Stirn. »Ich hab einfach früh angefangen. Mein Vater hat sich eine Miniramp im Garten gebaut und es mir gezeigt. Ich glaub, ich konnte rollen, bevor ich richtig laufen konnte.«

»Das sieht man«, sagte Yasin.

»Wo steht diese Miniramp?«, sagte Lou. »Können wir dich da mal besuchen?«

»Nee«, sagte Tom. »Das war früher. Ich wohn da schon lang nicht mehr.«

»Und wo wohnst du jetzt?«, fragte Teddy.

»Na hier«, antwortete Tom. »Meine Mutter und ich sind gestern hierhergezogen.«

Oh no, dachte ich.

»Oh yes!«, sagten Lou, Yasin und Teddy.

»Herzlich willkommen in unserer kleinen Stadt«, sagte Teddy und legte ihm den Arm um die Schultern.

»Aber warum seid ihr *jetzt* hierhergezogen?«, sagte Yasin. »Mitten im Schuljahr, mein ich?«

»Yasin-Baby, nicht alle Leute sind so schlau wie du und gehen mit 17 noch in die Schule«, sagte Teddy.

»Und nicht alle sind so dumm wie du und wollen nicht mal eine Lehre machen«, gab Yasin zurück.

»Das ist nicht dumm«, sagte Teddy. »Ich mach bald mein eigenes Business auf. In zehn Jahren bin ich reicher als ihr alle zusammen.«

»Du arbeitest als Türsteher«, sagte Lou. »Bleib rational.«

»Bin ich«, sagte Teddy. »Ich bin der rationalste Typ überhaupt. Security wird immer gebraucht. Großstadt, Kleinstadt, egal. Zum Beispiel auch in – wo kommst du her?«

Er sah Tom an, der zuckte mit den Schultern. »Von irgendwo.«

»Und auch dort sind Security am Start«, sagte Teddy. »Irgendwie, irgendwo, irgendwann. Wetten?«

»Ernst jetzt«, sagte Yasin. »Wo kommst du her?«

Tom stöhnte genervt. »Ist das ein Kreuzverhör, oder was?«

»Easy«, sagte ich. »Er hat dich nur gefragt, wo du herkommst. Vollkommen normale Frage, wenn jemand sagt, dass er gestern erst in die Stadt gezogen ist.«

Tom guckte mich an und lächelte spöttisch. »Ari, richtig?«

Er sprach meinen Namen so aus, als würde er ihn in Anführungszeichen setzen, und ich spürte, wie meine Schultern sich verspannten. Ich hasse es, wenn jemand mich nicht ernst nimmt.

»So heiß ich, ja«, sagte ich. »Hast du gut aufgepasst.«

»Ist glaub ich ein türkischer Name, oder?«

»Keine Ahnung«, sagte ich. »Ist einfach mein Name.«

»Ich kenn nur Jungs, die so heißen«, sagte Tom.

»Ari ist auch ein halber Junge«, sagte Teddy und wuschelte mir durch die Haare. Ich trage meine Haare ziemlich kurz. Es ist einfach praktischer. Meine Haare sind auf eine unglaublich nervige Art und Weise gelockt, ich brauche schon jetzt fast eine halbe Stunde, um sie nach dem Duschen zu kämmen. Würde ich sie länger tragen, könnte ich wahrscheinlich direkt im Badezimmer einziehen.

»Lass das«, sagte ich und schob Teddys Hand weg.

»Stimmt das?«, fragte Tom. »Bist du ein Junge? Kannst es ruhig sagen, ich fänd das total okay. In meiner alten Schule gab es auch einen Jungen, der trans war.«

»Hey«, sagte ich zu Tom. »Jetzt wo du das sagst, merke ich, dass du vielleicht recht hast. Danke, Mann. Ohne dich hätte ich das wahrscheinlich nie rausgefunden.«

»So hab ich das nicht gemeint«, sagte Tom, aber ich verdrehte zur Antwort nur die Augen.

Ich meine, echt, Leute, informiert euch mal. Menschen, die trans oder non-binär oder generell queer sind, wissen das von innen, nicht weil ihnen das jemand von außen sagt. Das ist nichts, das du entscheiden kannst oder das aus Versehen passiert, wenn du dich nicht an den Mädchen-oder-Junge-Dresscode hältst.

Für Lou zum Beispiel war die Frage *WAS BIN ICH?* immer schon da, schon als ganz kleines Kind. Junge oder Mädchen, X oder Y, pink oder blau. Die meisten Leute glauben ja immer noch, dass es nur diese zwei Möglichkeiten gibt. Entweder-oder, it's a binary system, baby, pick a side. Lou konnte sich aber nicht für eine Seite entscheiden. Zum Glück gibt es das Internet und zum Glück ist Lous Mutter wirklich cool. Sie legte eines Tages einen Zeitungsartikel auf Lous Schreibtisch, in dem stand, dass zum Beispiel in der Biologie schon lange klar ist, dass es mehr als zwei Geschlechter gibt und dass es nur eine Frage der Zeit ist, bis das auch in den Köpfen der Allgemeinheit endlich ankommt. Der Artikel war lang und kompliziert geschrieben, trotzdem hat Lou ihn eine Zeit lang ständig mit sich herumgetragen und uns so oft daraus vorgelesen, bis wir ihn stellenweise auswendig kannten. Seit etwa zwei Jahren bezeichnet Lou sich als non-binär und sagt, die Erkenntnis, dass das möglich ist, war in ungefähr so, als wärst du jahrelang in einem dunklen Keller herumgestolpert und hättest versucht, dich zurechtzufinden, und plötzlich entdeckst du eine geheime Tür nach draußen und kannst endlich die Sonne sehen. Ich bin froh, dass Lou diese Tür gefunden hat, aber mich hat die Frage *WAS BIN ICH?* noch nie den Schlaf gekostet, ich denke darüber nicht wirklich nach. Also nehme ich an, dass ich okay damit bin, ein Mädchen zu sein. Aber von mir aus, macht einen Jungen aus mir oder einen Tomboy (okay, funny Wortspiel in diesem Zusammenhang, lol) oder ein Einhorn, ist mir doch scheißegal. Wenn ihr nicht mit mir klarkommt, ist das euer Problem, nicht meins. Ich dachte lange, dass es meins ist. Ist es aber nicht, einfach nicht. Ist eures.

Leyla, die in diesem Moment über den Platz zu uns rüber stöckelte, musste sich mit solchen Dingen bestimmt nicht herumärgern. Sie sah so aus, wie die meisten Leute das von einem Mädchen erwarteten. Lange Haare, lange Wimpern, enges T-Shirt, enge Hosen, hohe Absätze, Lippenstift, Parfüm, Handtasche, das ganze Programm. Neben ihr lief eine Freundin, die fast genauso aussah. Solche Mädchen findet man in jedem Skatepark, glaube ich. Es gibt sogar ein Wort für sie. Man nennt sie Betty. Bettys sehen meistens supergut aus und sind mit den coolsten Skatern zusammen, aber sie sitzen den ganzen Tag nur am Rand und gucken den Jungs beim Spaßhaben zu. Ich habe nie verstanden, wie man sich damit zufriedengeben kann. Ich stelle es mir sterbenslangweilig vor, eine Betty zu sein.

»Hey«, sagte Leyla, als sie vor uns stand.

»Hey«, sagte Yasin und strahlte Leyla an.

»Wir würden mal zur Tanke gehen. Sollen wir euch was mitbringen?«

»Gerne«, sagte Yasin und sprang ein bisschen übereifrig auf, um seinen Rucksack nach Kleingeld zu durchsuchen.

Auch wir anderen fingen an, in unseren Taschen zu kramen, aber besonders viel kriegten wir nicht zusammen. Lou und ich waren in der Ausbildung, ich machte eine Lehre in einem Malerbetrieb, Lou würde Schreiner*in werden, der Azubilohn war jeden Monat schneller weg, als wir gucken konnten. Yasin ging in die elfte Klasse des Gymnasiums und bekam von seinen Eltern nur ein mickriges Taschengeld. Und Teddy, der als Einziger von uns schon richtig arbeitete, konnte mit Geld überhaupt nicht umgehen und war immer völlig abgebrannt. Dass ausgerechnet er eine Firma gründen wollte, war der Witz des Jahrhunderts.

»Ja, das gibt dann ein halbes Bier und drei Salzstangen«, sagte Leyla, nachdem sie die Münzen in ihrer Hand zusammengezählt hatte.

»Ich hab leider mein Portemonnaie zu Hause vergessen«, sagte Tom und lächelte Leyla auf eine Art und Weise an, dass man richtig sehen konnte, wie ihr das Herz Richtung Bauchnabel rutschte.

»Kein Problem«, sagte Leyla und lächelte zurück. »Dann lad ich euch eben ein.«

»Das musst du doch nicht«, sagte Tom, ohne dass das Lächeln auf seinem Gesicht verwackelte. Der Junge wusste, wie man so etwas macht. Leyla dagegen war mittlerweile knallrot. Und es war jetzt auch völlig klar, warum sie überhaupt zu uns gekommen war. Sonst fragte sie uns so etwas nämlich nie.

»Doch, das mach ich gerne«, sagte Leyla und drehte eine Haarsträhne zwischen ihren Fingern. »Du bist ja neu hier. Das müssen wir ja auch ein bisschen feiern.«

»Ja!«, rief Teddy. »Kleine Spontanparty für den Jungen aus dem Nirgendwo. Hammeridee, Leyla. Manchmal bist du echt für was zu gebrauchen. Champagner! Wir brauchen Champagner! Gibt's Champagner an der Tankstelle? Ah, wisst ihr was, ich komm einfach mit und helf euch beim Aussuchen.«

Man konnte Leyla und ihrer Freundin ansehen, dass sie davon nicht besonders begeistert waren.

»Aha«, sagte Leyla ein bisschen spitz. »Sonst noch irgendwelche Wünsche?«

»Für mich nicht«, sagte ich. »Ich muss jetzt eh los.«

»Hä?«, sagte Teddy. »Wieso denn?«

»Hab noch zu tun.«

»Was denn?«, fragte Lou.

»Dies-das-Ananas«, sagte ich.

»Ah, komm schon«, sagte Yasin. »Jetzt bleib doch da.«

»Nee, sorry«, sagte ich und stand auf. »Aber viel Spaß noch.«

Ich pushte mit meinem Skateboard bis zum Baumarkt und blieb auf dem Parkplatz stehen. Er war menschenleer, Ostermontag, alle Geschäfte geschlossen. Eine Weile lang fuhr ich auf dem Parkplatz herum, aber alleine hatte ich keine Lust mehr zu skaten. Als ich eine Viertelstunde gewartet hatte, sah ich ein, dass niemand mir gefolgt war. Auf meinem Handy waren auch keine neuen Nachrichten. Ich war so enttäuscht und wütend, dass ich ein paar Mal gegen einen Betonpfeiler kickte. Aber der Pfeiler blieb ungerührt, und irgendwann tat mir der Fuß weh. Ich überlegte, ob ich mir etwas suchen sollte, das ich wirklich kaputt machen konnte, aber dann beschloss ich, lieber zu Bob in den Laden zu fahren. Der Laden war zwar geschlossen, ich wusste jedoch, dass er das Osterwochenende nutzen wollte, um Inventur zu machen. Er würde mir eine Cola ausgeben, ich würde ihm von diesem Tom erzählen, und Bob würde ihn ganz bestimmt genauso ätzend finden wie ich.

***

Bobs Laden ist klein und vollgestopft bis zur Decke. Was für eine Art von Laden es ist, das versteht niemand so richtig. Nicht mal Bob selbst, glaube ich. Man kann beinahe alle gängigen Konsolen dort kaufen, Xbox, Switch, Playstation, dazu die neusten Games. Weswegen es wohl am ehesten ein Gameshop ist. Irgendwie ist es aber auch ein Comicladen, denn Bob hat ein Faible für Mangas, und neben der Kasse steht ein Regal, das vollgestopft ist mit Comic-Büchern – Naruto, Detective Conan, Hunter x Hunter und so weiter. Es gibt auch Pokémonkarten, Dragonball-Merchandise und seltsame japanische Kuscheltiere, die nie jemand kauft. Außerdem ist der Laden auch eine Reparaturwerkstatt. Bob hasst Smartphones, Social Media und solche Sachen, aber ansonsten ist er der totale Computer- und Technik-Nerd, ich glaube, es gibt keine Maschine auf dieser Welt, die er nicht versteht, wenn er sich nur lange genug damit beschäftigt. Die Leute bringen alle möglichen Geräte zu ihm, kaputte Staubsauger, Mixer, Haartrockner, Küchenmaschinen – er baut sie auseinander, repariert sie und setzt sie wieder zusammen.

Von außen macht der Laden keinen besonders einladenden Eindruck. Im Schaufenster zur Straße stehen Pappkartons mit Waren, die Bob noch nicht ausgeräumt hat. Er redet immer davon, irgendwann einmal richtig Ordnung zu machen und ein schönes Schaufenster zu gestalten. Aber sobald er die Kartons ausgeräumt hat, kommt die nächste Lieferung. Drinnen sieht es nicht viel besser aus. Das Licht ist trübe, in die Regale an den Wänden sind unendlich viele Sachen gestapelt und gestopft, scheinbar zufällig und vollkommen chaotisch. In Wirklichkeit steckt ein ausgeklügeltes System dahinter, das allerdings nur Bob versteht. Ohne seine Hilfe findet sich niemand in dem Laden zurecht, er ist wie der Wächter eines Labyrinths, das seine Schätze sorgfältig verbirgt. Bob hat den Laden, seitdem ich auf der Welt bin, also seit knapp 17 Jahren, und irgendwie schafft er es, ihn am Laufen zu halten und unser Leben damit zu finanzieren.

Als ich noch kleiner war, habe ich Bob *Papa* oder *Pa* genannt. Aber das tue ich schon lange nicht mehr. Ich finde, ab einem gewissen Alter sollte man damit anfangen, seine Eltern beim Vornamen zu nennen. Anfänge. Vielleicht sind Anfänge auch immer das Ende von irgendwas. Und umgekehrt. Bob findet es schade, dass ich ihn nicht mehr Papa nenne. Aber ich bin kein Kind mehr, und das muss sich ja irgendwo ausdrücken.

Bob hat mich großgezogen. Er war fast immer und überall der einzige Vater zwischen all den Müttern der anderen Kinder. Auf dem Spielplatz, wenn er mich vom Kindergarten abholte und später von der Schule, am Getränkeausschank bei Schulfesten, im Elternrat. Bob hat all die Dinge getan, die Väter üblicherweise eher nicht tun. Er hat mir Pflaster aufs Knie geklebt, mir abends vorgelesen, meine Zeichnungen im Flur aufgehängt. Er hat meine Wackelzähne in einem kleinen Döschen gesammelt, das noch immer in unserem Badezimmerschrank steht. Er hat mir die Haare geschnitten, die Löcher in meinen Hosen geflickt, mir Pausenbrote geschmiert und Fotos von mir in ein dickes Fotoalbum eingeklebt.

Manchmal, wenn ich dieses Fotoalbum durchblättere, bleibe ich an einem Bild hängen, das auf der zweiten Seite klebt. Es zeigt Fanni und Bob, wie sie auf einer Parkbank sitzen, ich bin noch ein Baby und liege auf Bobs Arm. Bob sieht mich an und lächelt, Fanni posiert für die Kamera. Damals waren sie noch zusammen und vielleicht glaubten sie tatsächlich daran, dass es funktionieren würde. Dass sie eine Familie sein würden. Ziemlich bald nach meiner Geburt machte Fanni allerdings da weiter, wo sie vor der Schwangerschaft aufgehört hatte. Ich glaube, ihre Zeit mit mir und Bob war für sie nur eine Art Schnupperpraktikum im Erwachsenenleben. Sie probierte das für ein paar Monate mal aus und entschied dann, dass sie keine Lust darauf hatte. Bob, der damals gerade sein Geschäft aufbaute, nahm mich manchmal mit in den Laden, damit Fanni *Zeit für sich* hatte. Fanni brauchte ziemlich oft *Zeit für sich.* Sie hatte keine Nerven, sich um mich zu kümmern. Ich glaube, es langweilte sie zu Tode. Irgendwann hielt sie es keine zwei Stunden mehr mit mir aus. Manchmal, wenn sie alleine mit mir zu Hause war, rief sie bei Bob im Laden an und teilte ihm mit, dass sie jetzt *Zeit für sich* bräuchte. Dann legte sie auf, bevor er Einspruch erheben konnte, und wenn Bob eine halbe Stunde später nach Hause kam, war sie schon weg, und ich lag alleine in meinem Kinderbettchen. Deshalb nahm Bob mich dann einfach jeden Tag und immer mit in den Laden. Und deshalb ist der Laden vielleicht auch so durcheinander, wie er heute ist. Kein Mensch kann ein ordentliches Ladenkonzept entwickeln, wenn er nebenbei ständig damit beschäftigt ist, ein Baby zu wickeln und aufzupassen, dass es nicht irgendwelche Stromanschlusskabel in die Finger kriegt.

Aber Bob beschwerte sich nicht darüber. Er sagte auch nichts, als Fanni anfing wieder auszugehen und oft nächtelang nicht nach Hause kam. Er wusste, dass sie ihn mit anderen Männern betrog, aber er sagte nichts. Insgeheim hoffte er wohl, dass Fanni einfach nur ein bisschen länger Zeit brauchte, um sich an das Familienleben zu gewöhnen, und irgendwann, wenn er sie nur in

Ruhe ließ, merken würde, was sie an uns hatte. Tatsächlich passierte genau das Gegenteil. Als ich etwa ein Jahr alt war, verliebte sich Fanni in einen Typen namens Angelo und ließ Bob sitzen. Angelo war Mitglied in einer Motorradgang, er fuhr mit seiner Harley vor unser Haus und ließ den Motor röhren, dass man es bis zu uns hinauf in den elften Stock hörte. Daran kann ich mich natürlich nicht erinnern, ich weiß das nur von Bob, der mir erzählte, wie er mit mir auf dem Arm am Fenster stand und nach unten guckte, wo Fanni auf Angelos Motorrad kletterte und mit ihm den Feuersteig hinunterbrauste. Bob hatte Angst, dass Fanni ausziehen und mich mitnehmen wollen würde, aber diese Angst erwies sich als unbegründet. Als Bob ihr vorschlug, dass er die Verantwortung für mich übernehmen würde, war Fanni mehr als erleichtert. Bob sagt, das stimmt nicht, aber ich weiß, dass es so ist.

Das Einzige, das ich Bob wirklich übel nehme, ist mein Vorname. Er war bei meiner Geburt dabei, er hätte Einspruch einlegen können, als Fanni beschloss, mich nach ihrer Lieblingszeichentrickfigur zu benennen. Zu seiner Verteidigung sagt er, dass er damals so unglaublich beeindruckt gewesen sei von Fanni und der Kraft, die ihr Köper aufgebracht hatte, um mich zu gebären, dass er ihr unmöglich etwas hatte abschlagen können. Und deshalb hatte er einfach nur genickt, als Fanni nassgeschwitzt und vollkommen erledigt auf dem Bett im Kreißsaal lag und verkündete, dass ich als kleine Meerjungfrau durchs Leben gehen würde. Bob ist einfach zu lieb für diese Welt, das war schon immer so.

»Hey«, sagte Bob, als ich den Laden betrat. »Was machst du denn hier?«

Er stand gerade auf einer Leiter und stopfte einen Karton in das oberste Regalfach. Ich zuckte die Schultern und ließ mich auf das kleine Sofa fallen, das neben dem Schaufenster stand und für das eigentlich überhaupt kein Platz in dem sowieso schon viel zu engen Laden war. Zu Öffnungszeiten saß eigentlich immer irgendjemand auf diesem Sofa und quatschte mit Bob. Sein Laden war eine Art Treffpunkt, manchmal drängten sich bis zu 20 Leute in dem kleinen Raum zusammen.

»Ich hab gedacht, du bist heute den ganzen Tag im Park«, sagte Bob und kletterte die Leiter herunter. »Sonne scheint, darauf habt ihr doch das ganze Wochenende gewartet?«

Er lief hinter den Tresen und bückte sich zu dem kleinen Kühlschrank, der unter der Kasse stand.

»Kein Bock mehr«, sagte ich und nahm die Cola entgegen, die Bob mir über den Tresen schob.

»Wo sind die anderen?«

»Trinken Champagner.«

»Champagner?«

Die Dose zischte, als ich den Verschluss umlegte, und die Cola lief über den Rand. Ich fing die Flüssigkeit mit dem Mund auf, und nachdem ich ein paar Schlucke getrunken hatte, erzählte ich Bob von Tom. Wie er fast das kleine Mädchen umgefahren hatte. Wie er Leyla auf die billigste Art und Weise angebaggert hatte. Wie er mit mir geredet hatte. Wie arrogant er war. Wie crazy in love mit sich selbst.

»Und wie unsicher«, ergänzte Bob.

»Hä? Nee, der ist nicht unsicher, glaub mir.«

»Woher willst du das wissen?«

»Weil ich ihn gesehen habe, vielleicht? Der Typ ist so krass von sich überzeugt, der macht sich demnächst selbst einen Heiratsantrag.«

Bob lachte. »Ich glaube, er wollte euch einfach nur beeindrucken.«

»Hat er nicht geschafft«, sagte ich und trank die Coladose leer. »Nicht bei mir jedenfalls. Er skatet gut, ja. Aber er ist ein Arschloch, das weiß ich.«

»Ach, komm, Ari«, sagte Bob. »Du bist manchmal ein bisschen schnell mit deinem Urteil.«

»Ob ich jemanden mag, weiß ich von Anfang an.«

»Oder präziser: ob jemand deinen Vorstellungen entspricht, weißt du von Anfang an«, sagte Bob.

»Was soll das?«, sagte ich und drückte wütend die Coladose zusammen. »Willst du mich jetzt auch noch blöd anmachen? Glaubst du, das kann ich gerade brauchen?«

»Entschuldigung«, sagte Bob und setzte sich neben mich. »Wenn du ihn wirklich nicht leiden kannst, dann kann ich ihn auch nicht leiden. Versprochen.«

»Gut.«

»Aber ich finde trotzdem, du solltest ihm jetzt erstmal noch eine Chance geben.«

»Warum?«

»Weil du ihn noch gar nicht richtig kennst«, sagte Bob. »Und weil deine Freunde ihn zu mögen scheinen.«

»Ja, leider«, sagte ich und zielte mit der Coladose Richtung Papierkorb.

»Wenn du triffst, ist er ein Arsch«, sagte Bob. »Wenn du nicht triffst, ist er keiner.«

»Okay, Deal.«

Ich warf die Coladose in einem gezielten Bogen durch die Luft. Sie landete knapp neben dem Papierkorb, aber wirklich nur ganz knapp.

***

Als ich später an diesem Tag nach Hause kam, saß Yasin auf den Stufen vor unserem Haus und wartete auf mich.

»Na endlich!«, rief er mir entgegen. »Ich sitze schon seit einer halben Stunde hier.«

»Woher soll ich das denn wissen?«, sagte ich. »Hättest du halt angerufen.«

»Akku ist leer«, sagte Yasin und warf mir eine Tüte zu. »Hier, das ist für dich.«

Ich fing die Tüte auf und sah, dass es Lakritze war. Die Sorte, die ich besonders mag, klein, hart und sehr salzig.

»Hä?«, sagte ich. »Was ist das?«

»Hat Teddy für dich an der Tanke gekauft.«

Ich liebe Lakritze über alles. Um ehrlich zu sein, ich bin verrückt danach. Wenn ich mal eine Tüte Lakritze aufgemacht habe, kann ich nicht mehr aufhören zu essen, bis sie leer ist. Es rührte mich, dass Teddy sich das gemerkt und an mich gedacht hatte. Aber ich wollte auf keinen Fall ein Geschenk annehmen, das Leyla bezahlt hatte, um diesem Vollpfosten zu gefallen.

»Danke«, sagte ich und warf die Tüte zurück. »Kannst du behalten.«

»Hä?«

»Ich mag den Typen nicht.«

»Wen? Teddy?«

»Nein, Mann. Tom.«

»Was hat Tom denn damit zu tun?«

»Vergiss es«, sagte ich. Dass Leyla auf Tom stand, würde Yasin früher oder später schon selbst herausfinden. Ich würde bestimmt nicht diejenige sein, die ihm seine Liebesträume kaputt machte.

»Okay«, sagte Yasin. »Wollen wir trotzdem bisschen Playstation zocken?«

»Von mir aus.«

Wir gingen ins Haus und nahmen den Lift in den elften Stock. Yasin erzählte, dass Teddy Leyla tatsächlich dazu gebracht hatte, eine Flasche Champagner zu kaufen, außerdem noch Bier und Chips und anderen Kram. Aber nach einer Stunde hatte Tom gesagt, dass er müde wäre und da wären fast alle anderen auch nach Hause gegangen. Nur Teddy war mit Fussel und ein paar anderen sitzengeblieben, um das restliche Bier und den Champagner zu trinken.

»Also hat Leyla eine Party für Teddy bezahlt?«, sagte ich, während ich die Wohnungstür aufschloss.

»Sozusagen«, sagte Yasin.

Das fand ich dann fast schon wieder lustig.

»GTA, Fifa oder Tony Hawk?«, fragte Yasin und warf sich auf mein Bett.

»Mir doch egal«, antwortete ich.

»Boah«, machte Yasin. »Was ist denn los mit dir?«

»Nichts. Keine Ahnung. Ich bin einfach nicht so gut drauf heute.«

»Du weißt, was Teddy jetzt sagen würde?«

»Nee, was?«

»Hast du deine Tage, oder was?«

»Kann sein, dass Teddy das sagen würde«, sagte ich. »Aber du sagst das nicht.«

»Sonst?«

»Sonst hau ich dich.«

»Ernsthaft?«

»Ernsthaft.«

»Okay«, sagte Yasin.

Ich legte mich neben ihn auf das Bett und einen Moment lang lagen wir einfach so nebeneinander und sahen an die Decke.

»Hey Ari«, sagte Yasin. »Kann ich dich mal was fragen?«

»Hm?«

»Hast du eigentlich deine Tage?«

»Du Arsch«, sagte ich und wir fingen an zu rangeln. Yasin war stärker geworden in letzter Zeit, trotzdem saß am Ende wie immer ich auf seinem Brustkorb und drückte seine Hände in die Matratze.

»Gibst du auf?«, fragte ich.

»Nie im Leben«, sagte Yasin und versuchte noch einmal, sich aufzurappeln. Aber er hatte keine Chance. Ich lachte und ließ ihn los. Ich liebte es, mit Yasin zu kämpfen. Es war nicht so, dass ich auf ihn abfuhr. Und er auch nicht auf mich. Im Gegenteil. Wenn uns jemand sexuelle Absichten unterstellt hätte, hätten wir wahrscheinlich Brechreiz bekommen. Wie – keine Ahnung – wenn jemand behauptet, du würdest mit deinem Bruder schlafen wollen. Yasin und ich, wir kannten uns, seit wir Kinder waren, und im Prinzip gab es keinen Tag, an dem wir uns nicht sahen. Manchmal, wenn er Stress mit seinen Eltern hatte, übernachtete er bei mir. Dann lagen wir nebeneinander auf meiner schmalen Matratze und waren weiter entfernt von einer erotischen Spannung als die Menschheit vom Mars. Was auch daran lag, dass Yasin und die anderen glaubten, ich wäre lesbisch, seitdem ich letztes Jahr am Stadtfest mit der Gitarristin einer Band geknutscht hatte, die dort aufgetreten war. Dass ich nicht sicher war, ob ich mich wirklich nur für Mädchen interessierte, erzählte ich ihnen nicht, es hätte die Dinge zwischen uns nur unnötig verkompliziert.

»Ich bin für GTA«, sagte ich und schaltete die Playstation an.

»Alles klar«, sagte Yasin und schnappte sich die Lakritztüte. »Und ich für meinen Teil will jetzt bisschen was von dieser Lakritze essen. Auch wenn sie vom Feind kommt.«

»Haha«, machte ich.

Aber nachdem Yasin die Packung aufgerissen hatte, griff ich doch auch hinein.

»Ich finde Tom eigentlich ganz cool«, sagte Yasin, während wir darauf warteten, dass die Playstation fertig geladen hatte.

»Ja, das hab ich gemerkt«, sagte ich und schob die Lakritze genüsslich im Mund herum.

»Ich glaub, er mag dich.«

»Hä?«

»Als Teddy mit der Lakritze für dich angekommen ist, hat er gesagt, dass dein Name da drinsteckt. ARI. L-A-K-RI-TZE. Verstehst du? Ist mir noch nie aufgefallen.«

»Hm«, machte ich. Ich hatte das selbst noch nie bemerkt. »Das heißt aber noch lange nicht, dass er mich mag.«

»Nee, aber ich bin später mit ihm zur Bushaltestelle gelaufen. Und da hat er mich paar Sachen über dich gefragt.«

»Was denn für Sachen?«

»Seit wann ich dich kenne, ob du immer mit uns rumhängst und so.«

»Ah«, machte ich nur. Dass Tom so etwas fragte, war meiner Meinung nach kein Zeichen dafür, dass er mich mochte. Im Gegenteil. Er hatte wahrscheinlich herausfinden wollen, wie oft ich im Park sein würde und er mir begegnen musste. Weil er genauso wenig Lust darauf hatte, Zeit mit mir zu verbringen wie ich mit ihm. Aber das sagte ich Yasin nicht.

»Wir könnten dich ab sofort Lakritze nennen«, sagte Yasin, während er mit dem Controller durch die Galerie klickte, um sich einen Wagen auszuwählen.

»Wehe«, sagte ich.

»Hey Lakritze, do a kickflip! Hey Lakritze, wie wird das Wetter morgen?«

»Willst du nochmal Prügel?«

»Eines Tages bin ich stark genug, um dich zu besiegen. Dann wird diese Drohung wirkungslos.«

»Halt die Klappe.«

»Halt selber die Klappe.«

Und dann fingen wir an zu zocken.

TAG 2

An dem ich versuche, mein Herz zu öffnen, es mir spaltbreit gelingt und Leyla eine Party schmeißen will.

Der nächste Tag war wieder ein gewöhnlicher Werktag, und ich konnte erst nach Feierabend in den Park. Die anderen waren alle schon da. Ich schmiss meinen Rucksack auf eine Sitzbank und fing sofort an zu skaten. Ganz egal, wie der Tag war, sobald ich auf dem Brett stehe, lasse ich ihn einfach hinter mir. Es ist unmöglich, beim Skaten über etwas nachzudenken. Das Denken rutscht woandershin, in den Körper, in die Bewegung, der Kopf wird leer und friedlich wie eine Wüste in ihren besten Zeiten. Du konzentrierst dich auf genau das, was du in diesem Moment tust, du musst dich darauf konzentrieren, sonst funktioniert es nicht. Es kommt auf so viele kleine Dinge an, die alle zusammenspielen müssen, die richtige Fußstellung, der Pop, die Bewegung, die dein Oberkörper macht, dass du im richtigen Moment abspringst, dass du dich traust, auf dem Brett zu landen, alles gehört zusammen. Auf der ganzen Welt und im ganzen Leben gibt es, glaube ich, kein schöneres Gefühl als das, was du hast, wenn du einen Trick zum allerersten Mal stehst. Du versuchst ihn hunderttausendmal, immer und immer wieder, du stellst dir den Trick vor, du weißt, wie er aussehen muss und was dein Körper machen muss, damit das Brett in der richtigen Art und Weise dreht oder flippt, slidet oder grindet, aber es klappt trotzdem nicht, hunderttausendmal klappt es nicht, und du schwitzt und fluchst und manchmal wirst du so wütend auf dich selbst, dass du dein Brett am liebsten in den Fluss schmeißen würdest. Aber du versuchst es trotzdem wieder und wieder und wieder und dann, eines Tages, beim hunderttausendundersten Versuch, da klappt es plötzlich. Du landest auf dem Brett und rollst weiter. Dein Körper schießt ein Feuerwerk aus Glückshormonen durch deine Blutbahn und alles, wirklich alles, was passiert ist, bis du dorthin gekommen bist, ist mit einem Mal völlig okay. Der ganze Frust, die Wut, die Anstrengung, die Schmerzen, all das gehört dazu, du bist sogar stolz darauf, du trägst die blauen Flecken auf deinen Schienbeinen und die Schürfwunden auf deinen Knien wie Trophäen. Wenn ich abends nach einer richtig guten Session im Bett liege, dann weiß ich, es kann kein besseres Leben geben als das hier.

Nach etwa einer Stunde war ich vollkommen erledigt und setzte mich zu den anderen auf eine Bank. Tom skatete noch, und wie am Vortag saßen wir alle am Rand und sahen ihm dabei zu. Es kam mir so vor, als hätte Tom darauf gewartet, wieder der Letzte auf dem Platz zu sein, um zum Abschluss nochmal eine richtige Soloshow hinzulegen.

»So ein Angeber«, sagte ich.

»Wenn einer so skaten kann, kann er von mir aus so viel angeben, wie er will«, sagte Teddy, der neben mir saß.

»Von mir aus nicht«, sagte ich.

»Ja«, sagte Teddy. »Du magst ihn nicht. Wir haben es verstanden. Aber ich finde, du solltest ihm noch ein bisschen Zeit geben. Er wohnt gerade mal zwei Tage hier.«

»Das hat Bob auch gesagt.«

»Und da hat Bob verdammt recht.«

»Aber ich mag ihn einfach nicht. Was soll ich machen? Es ist ein Gefühl. Was machst du, wenn du ein Gefühl hast, das nicht weggeht?«

»Keine Ahnung«, sagte Teddy. »Ich würde mich vielleicht mal fragen, woher das Gefühl kommt.«

»Es kommt davon, dass ich ihn nicht mag.«

»Ah, komm schon, Ari.«

»Ich finde, er ist ein Angeber.«

»Ich bin auch ein Angeber«, sagte Teddy. »Und du magst mich trotzdem.«

»Ja«, sagte ich und lachte. »Das stimmt.«

»Also«, sagte Teddy. »Öffne dein Herz für ihn.«

»Pff«, machte ich.

Ich wollte noch etwas erwidern, aber in diesem Moment rollte Tom zu uns herüber und ließ sich neben Teddy auf die Bank fallen.

»Na?«, sagte Teddy. »Genug für heute?«

Tom antwortete nicht. Er antwortete einfach nicht. Er guckte Teddy nicht mal an. Stattdessen zog er sein verschwitztes T-Shirt aus und streifte sich einen Pullover über, den er aus seinem Rucksack kramte. Ich fand das ziemlich unverschämt, aber ich sagte nichts. *Öffne dein Herz*, hatte Teddy gesagt. Vielleicht war das zu viel verlangt, aber ich konnte ja zumindest mal damit anfangen, meine Klappe *nicht* aufzumachen.

»Diese Stadt«, sagte Tom, so laut, dass alle ihn hören konnten. »Diese Stadt ist schon ziemlich Arsch der Welt, oder?«

Er holte eine Dose Bier aus seinem Rucksack und öffnete sie. Ich sah, dass er noch mindestens drei weitere Dosen in seinem Rucksack hatte, aber er bot niemandem etwas an.

»Na ja, Arsch der Welt würd ich nicht sagen«, sagte Lou. »Man kann's hier schon aushalten.«

»Gibt's einen Club oder so?«, fragte Tom. »Oder wenigstens eine gute Bar?«

»Klar gibt's einen Club hier«, sagte Teddy. »Das *Galaxy*. Ich arbeite da als Security.«

»Haha«, machte Leyla, die eine Bank weiter saß. »Das *Galaxy* ist doch kein Club. Das ist eine Dorfdisco.«

Teddy lachte. »Genau, Leyla. Weil du dich so gut mit Clubs auskennst.«

»Ich war garantiert schon in mehr Clubs als du«, sagte Leyla und lächelte unfreundlich in Teddys Richtung. Niemand kann so unfreundlich lächeln wie Leyla, das ist wirklich ein Spezialtalent. »Meine große Schwester wohnt in Frankfurt und mein Bruder in London. Sie nehmen mich immer mit zum Feiern, wenn ich sie besuche. Glaub mir, Teddy. Das *Galaxy ist* kein Club, ich weiß, von was ich rede.« Sie wandte sich an Tom. »Und ja, das hier ist Arsch der Welt. Da hast du absolut recht. Ich würde sterben vor Langeweile, wenn ich nicht ab und zu abhauen könnte.«

Niemand von uns sagte etwas. Was sollten wir dazu auch sagen? Wir sind alle hier geboren und aufgewachsen. Yasin fliegt alle paar Jahre mal in die Türkei, um seine Verwandten zu besuchen. Ansonsten ist noch niemand von uns so richtig aus der Stadt rausgekommen. Teddy wohnt schon, seitdem er 14 war, nicht mehr zu Hause, zuerst betreutes Wohnen, seit einem Jahr hat er jetzt seine eigene Wohnung, eine winzige Ein-Zimmer-Höhle mit Kochnische und Minikühlschrank. Die Mutter von Lou ist alleinerziehend und obwohl sie studiert hat, arbeitet sie an der Kasse bei Kaufland und – genau wie bei uns zu Hause – reicht das Geld oft nicht bis zum Monatsende. Urlaub, das ist etwas, das sich unsere Eltern nicht leisten können. Und Teddy sowieso nicht. Unsere Sommerferien verbringen wir im Freibad. Der Park ist im Hochsommer tagsüber viel zu heiß, der Asphalt heizt sich so stark auf, dass wir nur frühmorgens oder erst abends dort skaten können. Der Fluss eignet sich nicht zum Schwimmen, und der nächste See ist eine halbe Autostunde entfernt. Also fahren wir ins Freibad, breiten dort unsere Handtücher neben den Sprungtürmen aus und verdösen die Nachmittage, bis die Temperaturen sich endlich ein bisschen abkühlen und wir in den Park fahren können. Das sind unsere Sommer, das ist unser Leben, mehr ist nicht los. Aber uns reicht das. Beziehungsweise, es muss uns reichen. Wir haben ja keine andere Wahl.

»Na, dann Prost«, sagte Tom und hob seine Bierdose. »Da hab ich ja richtig Glück gehabt, dass meine Mutter hierherziehen wollte.«

»Wieso wollte sie das?«, fragte Leyla.

»Keine Ahnung. Sie ist hier aufgewachsen. Sie wollte wieder zurück. Frag mich nicht, warum.«

»Und dein Vater?«

Tom zuckte die Schultern und fummelte am Verschluss seiner Bierdose herum. »Mein Vater ist gestorben«, sagte er, ohne jemanden anzusehen. »Er hat vor paar Monaten einen Unfall gehabt. Ist beim Freeclimben abgestürzt.«

»Ach du scheiße«, sagte Leyla. »Das tut mir leid.«

»Ja«, sagte Tom. »Danke.«

Er nahm einen Schluck Bier und lächelte traurig. Teddy sah mich an und zog die Augenbrauen nach oben. *Und was sagst du jetzt?*, sollte das wohl heißen. Ich sagte gar nichts, aber klar, in diesem Moment tat Tom mir wahnsinnig leid. Herz zumindest spaltbreit offen, würde ich sagen. Er war vielleicht ein Arsch. Aber dass er seinen Vater verloren hatte, war eine andere Sache. Leyla stand auf und setzte sich neben ihn.

»Weißt du was?«, sagte sie zu Tom. »Meine Eltern sind am Wochenende nicht zu Hause. Wir machen eine Party für dich. Eine richtige Party. Das gestern zählt ja nicht.«

»Bei dir zu Hause?«, fragte Teddy.

»Ja«, sagte Leyla, aber sie guckte Tom dabei an. »Bei mir zu Hause. Was sagst du?«

»Find ich gut«, sagte Tom.

»Gut?«, rief Teddy. »Das ist mehr als gut, Junge. Leylas Eltern haben ein Haus, Mann. Ein richtiges Haus. Mit Billardzimmer im Keller. Ein Billardzimmer!«

»Beruhig dich, Teddy«, sagte Leyla.

»Kann ich nicht«, sagte Teddy. »Niemals.«

Leyla grinste Tom an und verdrehte die Augen. Ich sah zu Yasin, der ein bisschen abseits saß und die ganze Zeit über nichts gesagt hatte. Er sah aus, als würde er gleich anfangen zu heulen.

***

Yasin war verknallt in Leyla, das wusste ich, das wussten Teddy und Lou, das wussten alle im Park. Wahrscheinlich sogar Leyla selbst. Es hätte nicht offensichtlicher sein können, nicht mal dann, wenn er eine blinkende Leuchtreklame mit sich herumgetragen hätte, auf der gestanden hätte: I LOVE YOU, LEYLA CELIKOVIC! Er war der Überzeugung, dass keiner merkte, wie rot er wurde, wenn sie auftauchte. Er glaubte tatsächlich, dass er einen total entspannten Eindruck machte. Das Ding war, dass Yasin auch im Normalzustand nicht sonderlich entspannt war. Und in Leylas Gegenwart verwandelte er sich in eine Art hypernervösen Volltrottel. Er bemühte sich so verzweifelt um ihre Aufmerksamkeit, dass es noch niemand von uns übers Herz gebracht hatte, ihm zu sagen, wie chancenlos er bei ihr war. Yasin hatte ungefähr den Sexappeal von einem Hundewelpen. Er war kleiner als andere Jungs in seinem Alter und noch gar nicht so lange aus dem Stimmbruch raus. Er war der zappeligste von uns, ständig in Bewegung und so niedlich, dass sogar Teddy oft das Bedürfnis hatte, ihn in den Arm zu nehmen und zu knuddeln. Er war absolut nicht Leylas Beuteschema. Sie interessierte sich für Typen, die älter waren als sie und mehr als drei Haare auf der Brust hatten. Ihr letzter Stecher war schon Mitte 20 gewesen. Mit Sonnenbrille, Dreitagebart und tiefergelegtem Golf hatte er sie im Park abgeholt. Manchmal war er kurz ausgestiegen, hatte sich eine Zigarette angezündet und uns mit einem so herablassenden Lächeln beobachtet, als wären wir eine Kindergartengruppe, der er beim Spielen zuguckte.

»Leyla, dein Papa wartet auf dich«, hatte Teddy dann immer gerufen. Woraufhin Leyla ihm den Mittelfinger gezeigt hatte und auf ihren High Heels zu ihrem Freund auf den Parkplatz gestöckelt war, um ihm minutenlang die Zunge in den Hals zu stecken, bevor sie ins Auto gestiegen und mit ihm davon gefahren war. Teddy war hundertprozentig davon überzeugt, dass irgendwo im Netz ein Pornovideo von Leyla existierte. Bis jetzt war seine Recherche erfolglos gewesen, aber er war sicher, dass er eines Tages darauf stoßen würde. Lou und ich lachten ihn dafür aus. Aber dass Leyla in den Köpfen vieler Jungs gewisse Fantasien auslöste, war klar. Es gab Tage, da tat sie mir wahnsinnig leid. Es war sicher nicht schön für sie, dauernd dumm angemacht und von manchen Jungs wie eine wandelnde Wichsvorlage behandelt zu werden. Wenn sie schlau gewesen wäre, dann hätte Leyla sich auf jemanden wie Yasin eingelassen. Der ehrlich in sie verliebt war. Und der nett zu ihr gewesen wäre. Stattdessen stand sie auf Typen, die so aussahen, als wüssten sie nicht mal, wie man Respekt buchstabiert. Und ihr neuster Crush war Tom. Das hatte jetzt auch Yasin kapiert.

TAG 3

An dem Tom und Leyla ein Paar werden, woran ich eventuell nicht ganz unschuldig bin.

Am Mittwoch, nur drei Tage nachdem er in die Stadt gezogen war, kam Tom mit Leyla zusammen. Man kann viele Dinge über Tom sagen, aber zögerlich ist er ganz bestimmt nicht.

Yasin war an diesem Abend nicht im Park, seine Eltern hatten darauf bestanden, dass er zu Hause blieb und für eine Matheklausur lernte. Die Eltern von Yasin sind streng, er muss oft darum kämpfen, dass er mit uns in den Park darf. Am liebsten hätten seine Eltern ihn wohl dauerhaft an seinen Schreibtisch gefesselt, bei Wasser und Brot. Und Baklava. Yasins Eltern betreiben einen Imbiss in der Stadt, in dem es das beste Baklava gibt, das du finden kannst auf dieser Welt. Was für Yasin aber auch keinen Unterschied macht. Er hasst seine Eltern und ihr Baklava und ist oft neidisch auf Lou, Teddy und mich, weil wir in der Regel machen können, was wir wollen. An diesem Abend bewahrten Yasins Eltern ihren Sohn aber nicht nur vor einem schlechten Schulabschluss, sondern auch vor einem Dolchstoß ins Herz. Mitzuerleben, wie Leyla und Tom ein Paar wurden, hätte ihn vollkommen fertiggemacht, das wusste ich.

Wir saßen nach dem Skaten zusammen auf den Bänken. Jemand hatte eine Flasche Saurer Apfel mitgebracht, die die Runde machte. In der Boombox lief Hip Hop, eine von Lous Playlists.

»Warum machst du sie eigentlich nicht mal klar?«, sagte Teddy zu Tom und nickte zu Leyla hinüber, die mit einer Freundin auf der Miniramp saß und in ein Gespräch vertieft war.

»Klarmachen?«, sagte ich zu Teddy. »Hast du das gerade wirklich gesagt?«

»Es ist so offensichtlich, dass sie auf ihn steht«, sagte Teddy.

»Trotzdem«, sagte ich. »Klarmachen. Junge. Wie das klingt.«

»Wie würdest du denn dazu sagen?«, fragte Teddy.

»Interessierst du dich für sie, zum Beispiel? Oder: Gefällt sie dir? Willst du nicht mal richtig mit ihr ins Gespräch kommen?«, sagte ich.

Teddy lachte. »Genau. Und als Nächstes schenkt er ihr Blumen und holt sie mit dem Pferd zu Hause ab.«

»Der ganz bestimmt nicht«, sagte ich. Ich bereute das sofort, es rutschte mir einfach so heraus. Manchmal ist mein Mund schneller als mein Kopf.

»Wieso denn nicht?«, sagte Tom und guckte mich an. »Glaubst du etwa, ich weiß nicht, wie man einer Dame den Hof macht?«

»Alter«, sagte Teddy und lachte leise.

»Ich bin ein hundertprozentiger Gentleman«, sagte Tom. »Soll ich es dir beweisen?«

»Nee«, sagte ich. »Vergiss es einfach.«

»Doch, doch«, sagte Teddy. »Lass ihn mal machen.«

»Mann«, sagte ich und trat Teddy auf den Fuß.

Aber Tom war schon aufgestanden und schlenderte zur Miniramp.

»Ganz toll«, sagte ich. »Super gemacht, Teddy. Hast du auch mal an Yasin gedacht?«

»Ach, Yasin und Leyla«, machte Teddy. »Das wird doch eh nie was.«

»Nee«, sagte ich. »Jetzt ganz bestimmt nicht mehr.« Inzwischen war Tom nämlich bei Leyla angekommen, und wir konnten sehen, wie er sie schon mit dem ersten Satz um den Finger wickelte. Was auch nicht besonders schwierig war. Er hätte etwas über Rollmöpse oder Bakterienkulturen sagen können und sie wäre hin und weg gewesen.

Tatsächlich sagte er wahrscheinlich so etwas wie: »Hey, na …?«

Und sie: »Hey …«

Und er: »Störe ich euch …?«

Und sie: »Nein, gar nicht.«

Und er: »Ich wollte dich einfach noch … wegen der Party … aber das können wir auch ein andermal …?«

Und sie: »Nein, nein, wir können schon auch jetzt drüber reden.«

Und er: »Okay … cool …«

Immer so mit Pausen. Und verlegenem Lächeln. Hände in den Hosentaschen. Körpersprache: *Ich bin eigentlich ein wirklich cooler Typ, aber du bringst mich total aus dem Konzept.* Sowas zieht bei Mädchen wie Leyla. Muss man nicht Psychologie dafür studieren.

Wir sahen, wie Leylas Freundin grinste und die Miniramp nach unten kletterte, um die beiden alleine zu lassen. Tom nahm neben Leyla Platz und unterhielt sich mit ihr. Und wirklich, das ist nicht gelogen, es dauerte nicht einmal einen Song lang, dann küssten sie sich. Keine vier Minuten. Nicht einen einzigen Song.

»Was für ein Dude«, sagte Teddy.

»Und wer sagt es Yasin?«, fragte Lou.

»Ach, Yasinchen-Rosinchen, der wird das schon verkraften«, sagte Teddy.

»Ja, wahrscheinlich«, sagte Lou.

Ich sagte nichts. Vielleicht lag es daran, dass ich Yasin besser kannte als die anderen. Aber mir war klar, dass er das auf keinen Fall so locker nehmen würde, wie sie dachten.

TAG 4

An dem Pacman gefressen wird, ich trotzdem zu Yasin halte und Tom zum ersten Mal wütend auf mich ist.

Der nächste Tag war ein Donnerstag. Ich hatte auf der Arbeit ziemlichen Stress mit meinem Chef gehabt und keine besonders gute Laune, als ich gegen Abend im Park ankam. Verglichen mit Yasin war ich allerdings der reine Sonnenschein. Er saß abseits auf einer Sitzbank und drückte mit einem verbissenen Gesichtsausdruck auf seinem Handy herum.

»Hey«, sagte ich und ließ mich neben ihn auf die Bank fallen. »Was läuft?«

»Lass mich in Ruhe«, sagte er. »Ich hab zu tun.«

Ich guckte auf sein Display und sah, dass er Pacman spielte. Wir lieben dieses Game, wir haben es früher immer auf so einem Oldschool-Spielautomaten gespielt, den Bob im Laden stehen hat. Bob hat ein Faible für seltsame Geräte und Automaten aus prähistorischer Zeit. Er hört auch noch Kassetten und würde eher nackt durch die Innenstadt laufen, als sich ein Smartphone anzuschaffen. Aber das ist ein anderes Thema.

»Du lenkst mich ab«, fauchte Yasin, während er Pacman durch das Labyrinth steuerte.

»Du bist eh gleich tot«, antwortete ich. »Links, du musst links. Zu spät.«

Pacman wurde gefressen und das Game-Over-Zeichen erschien auf dem Display. Yasin gab einen unterdrückten Wutschrei von sich, ich glaube, es fehlte nicht viel und er hätte das Handy weggeschmissen.

»Super«, sagte er. »Vielen Dank auch.«

»Echt jetzt?«, sagte ich. »Wegen einem Handygame?«

»Teddy sagt, du hast ihn provoziert.«

»Wen?«, fragte ich. »Pacman?«

»Haha«, sagte Yasin.

Er machte eine Kopfbewegung Richtung Fluss, ich folgte mit meinem Blick und sah zwei Leute am Ufer sitzen. Leyla und Tom. Er saß mit dem Rücken zu uns, sie hockte auf seinem Schoß und hatte die Beine um ihn geschlungen. Die Hände hatte sie in seinen Haaren vergraben, während sie ihn abknutschte, als gäbe es kein Morgen mehr.

»Igitt«, sagte ich.

»Stimmt das?«, fragte Yasin. »Hast du ihn dazu provoziert, dass er mit ihr was anfängt?«

»Sicher nicht. Das hat der ganz alleine hingekriegt, wie du siehst.«

Yasin schnaubte und zupfte ein paar unsichtbare Fusseln von seiner Hose.

»Ich hab gedacht, du willst nichts von ihr?«, sagte ich.

»Will ich ja auch nicht.«

»Warum regst du dich dann so auf?«

»Weil der es nie im Leben ernst mit ihr meint.«

»Na und?«

»Na und? Leyla ist eine Freundin von mir.«

»Eine Freundin. Aha.«

»Ja. Eine Freundin. So wie du auch. Ich würde mich genauso aufregen, wenn du ständig von irgendwelchen Mädels verarscht werden würdest. Sie tut mir einfach leid.«

»Vielleicht ist Tom ja anders.«

»Nee«, machte Yasin. »Ich hab meine Meinung über den schon lange geändert.«

»Ach so?«

»Und ich geh da morgen auf keinen Fall hin.«

»Wohin?«

»Auf die Party bei Leyla.«

»Ach ja, die Party.«
»Willst du dahin?«
»Nee, muss nicht sein.«
»Also hängen wir bei dir?«
»Yep.«

Leyla und Tom, das musste ich zugeben, sahen ziemlich gut zusammen aus. Sie waren diese Art Paar, nach dem Leute sich auf der Straße umdrehten oder das irgendwelche Fotograf*innen für ein Style-Magazin fotografieren würden. Beide waren relativ groß und auffällig gekleidet. Er an diesem Tag in Jeans-Baggypants und locker geschnittenem grünen T-Shirt, dazu trug er um den Hals eine dicke Silberkette und an jeder Hand zwei bis drei Ringe. Auf dem Kopf hatte er eine Mütze, farblich passend zu seinem T-Shirt in Grün. Leylas schöne Beine steckten in Hotpants, obwohl es gar nicht so warm war. Dazu trug sie weiße Cowboystiefel und ein schwarzes Top, darüber eine Kunstfelljacke. Genau wie Tom hatte sie jede Menge Schmuck an, um den Hals sogar drei Halsketten, dazu Armreife und an den Fingern große Klunkerringe. Sie war sorgfältig geschminkt, und ihre langen, schwarzen Haare fielen ihr wie Seide über den Rücken. Keine Frage, sie waren ein schönes Paar. Den ganzen Abend saßen sie entweder am Flussufer oder auf einer der Sitzbänke neben dem Park und knutschten. Ab und zu ging Tom eine Runde skaten, dann setzte Leyla sich zu ihren Freundinnen und unterhielt sich kichernd mit ihnen. Yasin versuchte tapfer zu sein und sich nichts anmerken zu lassen. Er spielte fast ohne Pause S.K.A.T.E. gegen irgendjemanden und lachte viel zu laut. Es war ihm aus fünf Kilometern Entfernung anzusehen, wie unwohl er sich fühlte, und er tat mir so leid, dass ich es irgendwann nicht mehr aushielt.

Als Tom kurz neben mir stand, zischte ich ihm zu: »Das musste sein mit Leyla, oder?«

Er guckte mich an und grinste. »Eifersüchtig?«
»Auf dich oder auf sie? Weder noch, sorry.«
»Okay.« Tom lachte. »Kommst du trotzdem zur Party?«
»Geht leider nicht«, sagte ich. »Ich hab morgen wirklich starke Kopfschmerzen.«
»Die anderen kommen auch alle.«
»Wenn du meinst.« Ich stieg auf mein Skateboard und ließ ihn stehen.
»Fick dich doch, Lakritze!«, rief er mir hinterher.
»Danke!«, rief ich zurück und warf eine Kusshand. »Das mach ich gerne!«

Lou und Teddy waren überhaupt nicht begeistert, als Yasin und ich ihnen sagten, dass wir nicht auf Leylas Party gehen würden.
»Seid ihr dumm, oder was?«, sagte Teddy.
»Ja«, sagte Lou. »Alle kommen.«
»Alle außer uns«, sagte ich.
»Wieso guckst du mich jetzt so an?«, fragte Teddy. »Das kannst du vergessen. Ich geh da auf jeden Fall hin.«
»Ja«, sagte Lou. »Das könnt ihr echt nicht von uns verlangen. Bloß weil ihr ein Problem habt mit Tom.«
»Ich hab gedacht, wir sind Familie«, sagte ich.
»Sind wir ja auch«, sagte Teddy. »Nur ihr seid der langweilige Teil, der zu Hause bleibt.«
»Wir stoßen mal auf euch an«, sagte Lou.
»Mit Champagner sogar, versprochen«, sagte Teddy.
»Ja«, sagte ich. »Danke für nichts.«
»Easy«, sagte Yasin. »Ist doch okay. Gönnt euch. Das werden wir auch tun.«
»Aber sowas von«, sagte ich.
»Na dann sind ja alle zufrieden«, sagte Teddy.
»Absolut«, sagte Yasin.

TAG 5

An dem Yasin und ich einknicken, Teddy in den Teich fällt, Tom vielleicht nicht nur heult, weil er keinen hochkriegt, und ich lächeln muss, obwohl ich gar nicht will.

Aber natürlich waren Yasin und ich alles andere als zufrieden, als wir am nächsten Abend bei mir zu Hause saßen. Am Anfang schafften wir es, nicht darüber zu reden. Eine Weile lang zockten wir auf der Playstation, dann schoben wir uns eine Tiefkühlpizza in den Ofen. Bob war zum Glück nicht zu Hause, freitags geht er immer Badminton spielen und danach mit seinen Freunden auf ein Bier in die *Berta*. Unsere Wohnung ist viel zu klein, um einen gemütlichen Abend zu dritt dort zu verbringen. Es gibt Bobs Schlafzimmer, mein Zimmer und die Küche mit einem winzigen Balkon. Bob redet immer wieder davon, mal eine größere Wohnung zu suchen. Aber eigentlich reicht uns der Platz aus, wir sind beide sowieso nicht so oft zu Hause.

Nachdem wir die Pizza gegessen hatten, fing Yasin an, unseren Kühlschrank und die Schränke nach Alkohol zu durchsuchen. Bob und ich trinken zu Hause nie, aber das glaubte mir Yasin erst, als er wirklich jeden Schrank aufgemacht hatte. Enttäuscht ließ er sich auf einen Küchenstuhl fallen.

»Ich halt das nicht aus«, sagte er und legte den Kopf auf den Küchentisch.

»Dann geh halt zum Kiosk und hol paar Bier«, sagte ich.

»Das mein ich nicht.« Er zog sein Handy aus der Tasche und sah auf das Display. »Halb neun. Die anderen sind jetzt sicher schon bei Leyla. Ich schreib mal Lou.«

»Willst du doch noch hin?«

»Nee. Nur einfach mal fragen, wie es so läuft.«

In diesem Moment piepste sowohl sein Handy als auch meins. Wir öffneten gleichzeitig den Chat und sahen, dass Teddy ein Foto geschickt hatte. Darauf war ein Garten zu sehen, überall lagen Skateboards, die Leute saßen auf der Wiese und auf den Treppen der Veranda, tranken Bier und aßen Pizza. Es sah nach gutem Leben aus, keine Frage.

Ihr seid so dumm, hatte Teddy darunter geschrieben.

»O Mann«, sagte Yasin und seufzte.

»Also komm«, sagte ich.

»Was?«

»Gehen wir hin.«

»Echt jetzt?«

»Echt jetzt.«

»Aber Tom …«

»Knutscht mit Leyla, ja. Du wirst es überleben«, sagte ich. »Los jetzt.«

»Okay, okay.«

Wir zogen Schuhe und Jacke an, schnappten unsere Skateboards und liefen aus dem Haus. Auf einmal hatten wir es sehr eilig. Es kam uns völlig absurd vor, dass wir tatsächlich versucht hatten, den Abend zu Hause zu verbringen, während alle unsere Freund*innen zusammen Party machten.

»Teddy hat so recht«, rief Yasin, während wir zur Bushaltestelle rollten. »Wir sind wirklich wahnsinnig dumm.«

»Absolut!«, rief ich zurück.

»Tom lacht uns wahrscheinlich aus, oder?«

»Na und?«, sagte ich. »Glaubst du, mich juckt das?«

»Ja«, sagte Yasin. »Stimmt.«

Er lachte, aber ich wusste, dass es ihn sehr wohl juckte. Yasin denkt immer viel zu viel darüber nach, was andere Leute von ihm halten.

Wir kamen an der Bushaltestelle an und lehnten uns ein bisschen außer Atem an das Fahrplanschild. Das Bushaltestellenhäuschen ist schon lange kaputt, die Seitenwände und das Dach sind verschwunden und eine Sitzmöglichkeit gibt es auch nicht mehr. Eigentlich war es gar kein Bushaltestellenhäuschen mehr, sondern nur noch ein sinnloses Stahlgerüst, auf das die Jugendlichen aus der Siedlung Sachen kritzeln wie *Joana fickt mit Ruben* oder *Ruf mich an, ich blas dir einen*, darunter Telefonnummern und schlechte Pimmelzeichnungen.

Wir mussten nicht lange warten, da bog der Bus auch schon um die Ecke und fuhr in die Haltestellenbucht. Wir stiegen ein und liefen nach hinten bis zur letzten Reihe. Es war mittlerweile fast neun Uhr. Draußen verschwand der letzte Rest Tageslicht. Schweigend sahen wir aus dem Fenster. Der Bus fuhr vorsichtig den Feuersteig hinunter, so heißt die Straße, die zu der Hochhaussiedlung auf dem Feuerberg führt. Auf dem Feuerberg sind wir groß geworden, Yasin, Teddy, Lou und ich. Und dort wohnen wir alle noch immer. Der Feuerberg liegt ein bisschen oberhalb der Stadt, *mit Meerblick*, wie Teddy sagt, und der Feuersteig ist eine kurvige Straße, die sich steil nach unten schlängelt. Um in die Stadt zu kommen, laufen wir sonst meistens einen Weg hinunter, der hinter der Siedlung durch ein kleines Wäldchen führt und ziemlich direkt beim Park endet. Aber ich träumte davon, eines Tages mit dem Skateboard den Feuersteig hinunterzufahren. Auch wenn die Überlebenschance wahrscheinlich höchstens bei 50:50 stand. Es gibt ständig Unfälle auf dieser Straße, sie ist viel zu eng gebaut worden und relativ stark befahren. Die Leitplanken sind an manchen Stellen total zerbeult, weil immer wieder Autos aus den Kurven schleudern und in die Leitplanken krachen. Oft liegen Autoteile auf der Fahrbahn. Natürlich war es Wahnsinn, und die anderen tippten sich an die Stirn, wenn ich davon anfing. Aber ich würde in diesem Leben noch den Feuersteig runterfahren, so viel stand fest.

»Was meinst du, was findet sie an ihm?«, fragte Yasin und holte mich aus meinen Gedanken.

»Leyla und Tom?«, fragte ich.

»Hm«, machte Yasin.

»Das hält eh nicht lange.«

»Wieso nicht?«

»Weil die sich überhaupt nichts zu sagen haben. In spätestens zwei Wochen hat sie keine Lust mehr auf seine schlechte Laune, und er will nichts mehr hören über Acrylnägel und Hairextensions. Dann bumsen sie noch ein paar Tage, und dann war's das.«

»Leyla ist nicht so oberflächlich, wie du denkst.«

»Ah nee? Wie oft hast du schon deep talk mit Leyla gehabt?«

»Du magst sie einfach nicht.«

»Hundert Punkte.«

»Das ist echt was, das ich nicht leiden kann an dir.«

»Was?«

»Dass du Leute so schnell abhakst.«

»Wieso schnell? Ich kenne Leyla schon seit dem Kindergarten.«

»Ja«, sagte Yasin. »Und hast sie schon im Kindergarten abgehakt.«

»Weil sie schon damals eine blöde Kuh war. Sie hat immer Süßigkeiten dabeigehabt und nie was abgegeben. Nur Melek Yilmazer hat manchmal was bekommen, aber dafür musste sie Leylas Kindergartentasche tragen.«

»Sie war ein Kind.«

»Charakterschwäche zeigt sich früh.«

»Mann, Ari, ich wünsch dir, dass dich mal jemand verurteilt und dir dann so hart keine Chance gibt, wie du das machst.«

»Ich freu mich drauf.«

»Ja«, sagte Yasin. »Sehen wir dann.«

Am Bahnhof stiegen wir aus und fuhren mit dem Skateboard weiter. Es waren kaum Leute unterwegs. Wir fuhren mitten auf der Straße, die Räder auf dem Asphalt, das schönste Geräusch, das es gibt. Ich würde es immer und überall wiedererkennen. Leute, die noch nie auf einem Skateboard gestanden haben, können wahrscheinlich nicht verstehen, was für eine Welt dieses Geräusch bedeutet. Wenn wir es irgendwo hören, können wir gar nichts anders, als die Köpfe danach zu drehen, das passiert ganz automatisch. Skater*innen erkennen sich überall, es ist wie eine geheime Verbindung, eine Sprache, die nur wir sprechen. Das Esperanto des Asphalts. Die anderen lachen mich immer aus, wenn ich sowas sage, aber das liegt daran, dass sie keinen Sinn für solche Sachen haben. Für sie gibt es keine doppelten Böden und nichts zwischen den Zeilen. Skateboardfahren ist für sie einfach Skateboardfahren. Sie sehen nichts Philosophisches darin. Dabei könnte man die ganze Welt und das Leben und alles damit erklären, wenn es sein müsste.

***

Leylas Haus lag im Gartenviertel, einem Viertel, in dem sich wahrscheinlich fast alle reichen Leute der Stadt angesiedelt hatten. Es gibt diese Viertel in jeder Stadt. Es gibt auch in jeder Stadt eine Feuerberg-Siedlung. Und das Leben könnte nicht unterschiedlicher sein. Du denkst zwar, du wohnst in derselben Stadt. Aber die Stadt gibt es eigentlich gar nicht. Die Stadt ist nur ein Name. Ein Sammelbegriff für zehntausend verschiedene Wirklichkeiten. Du kannst Luftlinie nur fünfhundert Meter voneinander entfernt aufwachsen und nichts, wirklich gar nichts gemeinsam haben außer den Namen der Stadt. Anstatt jemanden zu fragen, aus welcher Stadt er oder sie kommt, sollte man lieber fragen: *Wie viele Zimmer hat eure Wohnung? Funktioniert eure Heizung immer?*

Benutzt ihr zum Kochen die Mikrowelle oder den Herd? Und wie sehen die Bushaltestellenhäuschen in deinem Viertel aus? Wenn man wirklich etwas über die Person erfahren will, meine ich.

Die Party war in vollem Gang, als wir Leylas Haus erreichten. Patrick stand im Vorgarten und kotzte in einen Busch. Auf der Treppe zur Eingangstür saßen Milad und seine Freundin und knutschten. Als wir um das Haus herumliefen, begegneten uns Fussel und Veton, die darüber diskutierten, ob Playmobil oder Lego das bessere Spielzeug waren.

»Es ist einfach so, du musst dich entscheiden«, sagte Fussel und tippte Yasin gegen die Brust. »Du bist entweder Lego oder Playmo. Das ist eine Grundsatzfrage.«

»Du bist auch eine Grundsatzfrage«, sagte Yasin.

»Eine ziemlich betrunkene Grundsatzfrage«, ergänzte ich.

»Ihr seid Lego, oder?«, sagte Veton und betrachtete uns mit zusammengezogenen Augenbrauen. »Ich seh es euch an, ihr seid Lego.«

»Ich glaube, sie sind eher Playmo«, sagte Fussel.

»Ja, Ari könnte Playmo sein«, sagte Veton. »Aber Yasin ist eindeutig Lego.«

Yasin tätschelte Veton zur Antwort die Wange, und wir liefen weiter.

»Da ist ein Graben zwischen uns Playmomenschen und euch Legomenschen!«, rief Veton uns nach. »Das weißt du ganz genau!«

Hinter dem Haus gab es eine Veranda, wo Leyla eine Art Buffet aufgebaut hatte, das hauptsächlich aus Pizza und Bier bestand. Dahinter lag der Garten, ein großes Stück Rasen, umsäumt von Bäumen und Büschen, die das Grundstück vor Blicken aus den Nachbargärten schützten. Weiter hinten im Garten war ein Teich. Die meisten Leute hielten sich bei der Veranda auf oder saßen auf dem Rasen herum. Teddy und Lou standen neben dem Teich, aber sie hatten uns noch nicht gesehen.

»Krass«, sagte Yasin und blieb neben der Veranda stehen. »Leylas Eltern haben echt Kohle, was?!«

»Ja«, sagte ich. »Sieht so aus.«

In diesem Moment entdeckte Teddy uns.

»Na endlich!«, brüllte er über den Rasen zu uns hinüber und winkte.

Yasin nahm sich ein Bier, und wir liefen zu ihnen.

»Ich hab gewusst, dass ihr noch kommt«, sagte Teddy. »Ich hab mit Lou gewettet.«

»Ich hab auch gesagt, dass sie noch kommen«, sagte Lou. »Es ist keine Wette, wenn wir beide dieselbe Meinung haben.«

»Das ist nicht der Punkt«, sagte Teddy.

»Was ist der Punkt?«, fragte Lou.

»Der Punkt ist, ich war hundertprozentig davon überzeugt, dass sie noch kommen. Du nicht. Das ist der Punkt.«

»Okay«, sagte Lou. »Hauptsache, sie sind jetzt da.«

»Ich«, fuhr Teddy unbeeindruckt fort, »ich habe gesagt: Wetten, die kommen noch. Woraufhin du gesagt hast: Ja, kann sein. Ja, kann sein. Das ist doch keine Haltung. Das ist allerhöchstens, hier, Dings, wie Ari immer sagt, Oppopopo. Das meine ich. Darauf kommt es an.«

»O Mann, du nervst«, sagte Lou und gab Teddy einen Schubs, der versehentlich ein bisschen zu heftig geriet. Teddy stolperte nach vorne, verlor das Gleichgewicht und fiel in den Teich. Es ging ganz schnell, und wir waren so überrascht, dass wir im ersten Moment gar nicht richtig kapierten, was passiert war. Teddy verschwand für einen Augenblick komplett unter Wasser, er ging einfach unter, der Teich war anscheinend ziemlich tief.

»Ups«, sagte Lou.

Yasin und ich lachten.

»Du bist so ein Arsch«, sagte Teddy, als er wieder auftauchte. »Wenn mein Handy kaputt ist, bezahlst du es.«

»Das war keine Absicht«, sagte Lou. »Sorry, Bro.«

Teddy schwamm zum Rand des Teichs und machte eine schnelle Bewegung, um Lou ebenfalls ins Wasser zu ziehen. Aber Lou lachte und rannte Richtung Veranda davon. Prustend zog Teddy sich aus dem Teich.

»Toll«, sagte er und zeigte an sich hinunter. »Vielen Dank auch für die Lungenentzündung.«

Es war tatsächlich eigentlich noch zu kalt zum Baden. Und definitiv war es die falsche Temperatur, um in klitschnassen Klamotten in einem Garten rumzusitzen.

»Wir fragen Leyla«, sagte ich. »Die leiht dir sicher paar frische Sachen.«

»Wo ist die überhaupt?«, fragte Yasin betont uninteressiert. »Ich hab sie noch gar nicht gesehen.«

»Hey!«, rief ich ein paar Leuten zu, die neben dem Teich auf dem Rasen saßen. »Wisst ihr, wo Leyla ist?«

»Nee«, antwortete Fabian. »Die hab ich schon länger nicht mehr gesehen. Aber Tom auch nicht. Wenn du verstehst, was ich meine.«

»Die sind sicher in ihrem Zimmer und bumsen«, sagte Teddy. Er klapperte mit den Zähnen, so kalt war ihm.

»Na toll«, sagte ich.

»Machst du das?«, fragte Yasin und guckte mich an. »Bitte.«

»Meinetwegen.«

***

Ich betrat das Haus durch die Verandatür. Die meisten Leute waren im Garten, nur Milad und seine Freundin hatten mittlerweile auf ein Sofa in dem großen Wohn- und Essbereich gewechselt, um dort weiterzuknutschen. *Wohn- und Essbereich.* Ich hätte nicht gedacht, dass ich diesen Ausdruck jemals benutzen würde. Aber genau das war es. Ein Wohn- und Essbereich. Das ganze Erdgeschoss, das allein schon fast doppelt so groß war wie unsere Wohnung, bestand nur aus der Küche, dem Esstisch und einer Sofalandschaft. Die Küche sah aus wie in einem Restaurant, verchromte Oberflächen, Gasherd und ein Kühlschrank, in den ein erwachsener Mensch hineingepasst hätte. Es gab auch eine freistehende Kücheninsel, zum Gemüseschneiden und Drinksmixen, wie in den Filmen. Neben der Kücheninsel stand der Esstisch, der mindestens drei Meter lang war und über dem ein moderner Kronleuchter hing. Der Wohnzimmerbereich weiter hinten im Raum bestand aus drei Sofas, einem Flachbildfernseher und einer Dolby-Surround-Anlage. Daneben war eine Treppe, die in den ersten Stock führte. Ich lief an Milad und seiner Freundin vorbei, die völlig in sich versunken auf dem größten Sofa lagen, und nahm die Treppe nach oben.

»Tom? Leyla?«, rief ich. »Seid ihr da?«

Ich blieb auf dem Treppenabsatz stehen und wartete einen Moment, aber es kam keine Antwort. Der Boden im Obergeschoss war mit einem dicken flauschigen Teppich ausgelegt, in den meine Füße ein bisschen einsanken. Wahrscheinlich war es verboten, dort mit Schuhen herumzulaufen. Aber ich dachte nicht daran, sie auszuziehen. Wenn Leylas Eltern sich so ein Haus leisten konnten, konnten sie auch eine Teppichreinigung bezahlen.

Ehrlich gesagt mag ich reiche Leute nicht. Vielleicht liegt das daran, dass ich auf dem Feuerberg aufgewachsen bin, kann schon sein. Aber ich glaube, man kann nicht reich und gleichzeitig ein guter Mensch sein. Diese Dinge schließen sich meiner Meinung nach gegenseitig aus. So viele Menschen auf diesem Planeten sind bettelarm. Man muss ein bisschen ein Arschloch sein, wenn man selbst den Kühlschrank voller Kaviar, Camembert und fettarmem Früchtequark hat, während Leute auf der anderen Seite der Welt auf Wurzeln herumkauen, um nicht zu verhungern. Außerdem gibt es, soweit ich das überschaue, keinen einzigen sauberen Weg, um an richtig viel Geld zu kommen. Malerin ist nicht gerade mein Traumberuf, die Arbeit ist anstrengend und manchmal so langweilig, dass mein Gehirn sich verflüssigt und durch meinen Kopf schwappt wie eine Buchstabensuppe. Aber immerhin kann ich mich abends ins Bett legen und sicher sein, dass ich den ganzen Tag über nichts getan habe, das auch nur annähernd irgendwie böse war. Weiße Wände sind so ziemlich das Gegenteil von böse. Wie jemand abends einschläft, der jeden Tag hunderte von Kindern in überheizten Fabriken in Bangladesch T-Shirts zusammennähen lässt, kann ich mir nicht vorstellen. Oder der zu Bauzwecken Sand an der Küste von Thailand abgraben lässt und dafür sorgt, dass ganze Dörfer ins Meer abrutschen. Oder Waffen verkauft oder Frauen oder was weiß ich. Ich habe keine Ahnung, wie Leylas Eltern zu Geld gekommen sind. Aber dass sie zu dritt in so einem riesigen Haus wohnen, ist schon so pervers, dass es fast als Verbrechen durchgeht.

Ich lief über den Teppich den Gang entlang, von dem links und rechts jeweils drei Türen abgingen. Die meisten waren angelehnt und die Zimmer dahinter waren dunkel. Nur eine Tür war geschlossen, und als ich davorstand, war dahinter eindeutig Leylas Stimme zu hören. Sie klang ziemlich aufgeregt. Ich atmete einmal tief durch und klopfte an die Tür.

»Leyla? Bist du da drin? Ich brauch paar Klamotten, Teddy ist in den Teich gefallen.«

Die Stimme hinter der Tür verstummte, und es entstand eine kurze Pause.

»Hallo?«, rief ich. »Ja, ihr seid wahrscheinlich nackt, ist mir egal. Schmeiß mir irgendeine Jogginghose raus und ein T-Shirt und ich bin wieder weg.«

Im nächsten Moment wurde die Tür aufgerissen und Leyla stand vor mir.

»Du bist das«, sagte sie. Sie hatte schon ziemlich einen sitzen, das merkte ich sofort.

»Äh ja, sorry«, sagte ich. »Ich bräuchte nur schnell paar Klamotten.«

Aber Leyla hörte mir gar nicht zu.

»Du musst mir helfen«, sagte sie und zog mich ins Zimmer. Sie zeigte auf das Bett, wo sich jemand, wahrscheinlich Tom, unter der Bettdecke vergraben hatte. Er lag vollkommen still da, nur sein rechter Fuß guckte unter der Bettdecke hervor. In einem knallroten Socken, das weiß ich noch.

»Äh«, sagte ich. »Und jetzt?«

»Ich hab keine Ahnung, was mit ihm los ist«, sagte Leyla im Flüsterton. »Wir wollten, du weißt schon. Aber er, na ja, er hat ihn nicht, du weißt schon. Und dann hat er angefangen zu weinen.«

»Er heult, weil er keinen hochgekriegt hat?«

»Psst«, machte Leyla. »Keine Ahnung. Vielleicht hat es mit seinem Vater zu tun. Ich versteh das ja auch. Aber ich weiß nicht, was ich machen soll. Ich sitze seit zehn Minuten hier und quatsche und quatsche und quatsche. Ich komm mir langsam blöd vor.«

Ich dachte: Das liegt vielleicht daran, dass du blöd *bist.* Aber das sagte ich nicht laut. Stattdessen fragte ich: »Und was hat das mit mir zu tun? Ich bin nur hier, um paar trockene Klamotten für Teddy zu holen.«

Die Sexprobleme von Leyla und Tom waren mir ehrlich gesagt so egal wie der Wetterbericht in Paderborn. Ich ging zum Kleiderschrank, der neben dem Fenster stand, und machte ihn auf. Die meisten von Leylas Kleidern waren Teddy auf Garantie viel zu klein, aber mit ein bisschen Glück fand ich vielleicht einen Hoodie und eine Schlabberhose oder so etwas. Dass ich in ihrem Schrank herumwühlte, schien Leyla nicht zu beeindrucken. Sie war wirklich schon ziemlich betrunken.

»Ich muss einfach langsam mal wieder runter«, hörte ich sie sagen, während ich eine Schublade nach der anderen aufzog. »Verstehst du, es ist doch meine Party. Ich bin doch die Gastgeberin. Ich muss doch mal gucken, ob alles okay ist. Ich kann doch nicht die ganze Zeit hier rumsitzen. Das verstehst du doch, oder Tom? Das kannst du doch verstehen, oder? Ari kümmert sich jetzt um dich, ja?«

»Vergiss es, Leyla«, sagte ich. »Ich werde ganz sicher nicht deinen Boyfriend trösten, das musst du schon selber machen.«

Ich zog eine Schublade ganz unten im Schrank auf und fand darin tatsächlich einen Hoodie, ein T-Shirt und eine Jogginghose in XL. Vielleicht hatte einer von Leylas Ex-Freunden ein paar Ersatzklamotten bei ihr deponiert. Sogar frische Socken und eine Boxershorts waren in der Schublade. Zufrieden machte ich den Schrank wieder zu und drehte mich um. Erst da merkte ich, dass Leyla nicht mehr da war.

»He!«, rief ich. »Leyla?«

Aber Leyla war schon nach unten gelaufen und hörte mich nicht mehr. Oder tat jedenfalls so.

»Na toll«, sagte ich und sah zu Tom, der noch immer ganz still auf dem Bett lag. *Vielleicht ist er ja ohnmächtig geworden,* dachte ich plötzlich und stupste auf den Teil der Bettdecke, unter dem ich seinen Rücken vermutete.

»Hey«, sagte ich. »Alles okay bei dir?«

»Verpiss dich«, antwortete Tom.

Seine Stimme war leise und wurde von der Bettdecke zusätzlich gedämpft. Aber trotzdem verstand ich sehr gut, was er sagte. Er klang genauso unfreundlich wie immer, und das beruhigte mich ein bisschen. Immerhin war er am Leben und bei Bewusstsein. Eigentlich hätte ich jetzt gehen können. Ich weiß nicht genau, warum ich es nicht tat. Manchmal reitet mich der Teufel, sagt Bob.

Ich setzte mich auf die Bettkante und wartete. Ich sagte nichts, ich saß einfach nur auf der Bettkante und wartete. Tom spürte, dass ich da war, denn nach einer Weile sagte er: »Hast du nicht gehört, was ich gesagt hab?«

»Doch«, antwortete ich.

»Also dann verpiss dich.«

»Nö«, sagte ich. »Keine Lust.«

Tom streckte den Fuß mit dem roten Socken aus und versuchte, mich von der Bettkante zu treten. Ich lachte leise, dann stand ich auf und lehnte mich neben dem Bett an die Wand, weit genug entfernt, um nicht von Tom getroffen zu werden.

»Ah, Mann«, rief Tom und er klang ziemlich wütend. »Was willst du eigentlich?«

Er schlug die Bettdecke zurück und guckte mich an. Ich sah, dass er tatsächlich geweint hatte. Sein Gesicht war rot und verquollen, und darüber erschrak ich ein bisschen. Aber ich ließ mir nichts anmerken.

»Entschuldigung«, sagte ich und hob die Hände. »Ich wollte nur gucken, ob du okay bist.«

»Mir geht's tipptopp.«

»Ah ja«, sagte ich. »Dann will ich lieber nicht wissen, wie du aussiehst, wenn's dir schlecht geht.«

»Witzig.«

»Leyla ist wieder runtergegangen.«

»Mir doch egal.«

Tom setzte sich auf, und ich sah, dass sein Oberkörper nackt war, die Hose hatte er noch an. Er war ziemlich muskulös, mit Waschbrettbauch und alles. Ich finde es eher bescheuert, wenn Jungs solche übertriebenen Muskeln haben. Aber das kann jeder machen, wie er will.

»Tut mir leid«, sagte ich.

»Was?«, fragte Tom.

»Dass es dir nicht so gut geht«, sagte ich. »Und dass ich gefragt hab. Geht mich ja nichts an.«

Ich stieß mich von der Wand ab und wollte aus dem Zimmer gehen.

»Es ist einfach noch nicht so lange her«, sagte Tom. »Das mit meinem Vater. Manchmal, keine Ahnung... es ist einfach noch nicht so lange her.«

»Ja«, sagte ich. »Klar. Ist bestimmt nicht einfach.«

»Hm«, machte Tom.

»Willst du drüber reden oder so?«

»Nee«, sagte Tom. »Passt schon.«

Er fischte sein T-Shirt unter der Bettdecke hervor und zog es sich über den Kopf. Für einen Moment schwiegen wir beide und es wurde ganz still im Zimmer. Von draußen war der Partylärm der anderen zu hören. *Playmobil regiert die Welt!*, brüllte Veton. Irgendjemand lachte laut.

«Aber hey ...» Tom räusperte sich. «Kannst du das für dich behalten vielleicht? Ich hab keine Lust, dass das jetzt zum Partythema wird oder so.»

»Okay, kein Problem«, sagte ich. »Ich hab schon vergessen, dass ich überhaupt in diesem Zimmer war. Versprochen.«

»Danke.«

Tom lächelte. Und ich lächelte zurück. Es passierte einfach. Es gibt wissenschaftliche Erklärungen dafür, das hat mit den Spiegelneuronen zu tun. Fast alle Leute erwidern ein Lächeln, das ist ein Automatismus. Und ganz bestimmt gab es auch eine logische Erklärung dafür, warum mein Herz plötzlich ein bisschen schneller schlug. Ich meine, es war Tom. Kein Grund zur Aufregung. Ruhig bleiben, kleine Meerjungfrau.

»Schön, dass du gekommen bist«, sagte Tom. »Zur Party, mein ich.«

»Bild dir bloß nichts drauf ein«, antwortete ich. »Und leg dir einen nassen Lappen aufs Gesicht, bevor du runterkommst. Du siehst echt scheiße aus.«

Er lachte leise. »Okay, Lakritze. Das mach ich.«

TAG 6

An dem Fanni anruft, ich mit Bob über die Liebe rede und der coolste Typ der Stadt eine Pappkulisse ist, die im Wüstensand liegt.

Am nächsten Morgen wachte ich auf, weil Bob durch die Wohnung lief und mit seinem Handy telefonierte. Das an sich war schon ungewöhnlich, Bob telefoniert fast nie mit seinem Handy, er hat es eigentlich nur für Notfälle, ein altmodisches Ding, das nicht mal Internet kann und von dem er ständig vergisst, wo er es hingelegt hat. Aber es war auch Bobs gereizter Tonfall, der mich aufhorchen ließ. Er musste sich, das war nicht zu überhören, richtig anstrengen, um freundlich zu bleiben. Bob muss sich eigentlich nie anstrengen, um freundlich zu bleiben. Er *ist* einfach freundlich. Stellt euch den entspanntesten und freundlichsten Typen vor, den ihr kennt, gebt ihm einen Schraubenzieher in die Hand, zieht ihm ein paar alte Jeans an und ein ausgeleiertes T-Shirt von einer Punkband, die niemand kennt, denkt euch sein Lächeln so breit, dass es sich von einem Ohr zum anderen spannt, und durchs Fenster lasst ihr die Sonne scheinen. Dann habt ihr ungefähr Bob vor euch. Teddy, Lou und Yasin sagen immer, wenn sie erwachsen sind, wollen sie so werden wie Bob. Ich weiß auch nicht, wie genau er das macht, aber irgendwie kriegt Bob es hin, zufrieden zu sein. Dabei ist sein Leben alles andere als spektakulär. Er sitzt jeden Tag in seinem Laden und bastelt an seinen Geräten herum, quatscht mit den Leuten, die ihn besuchen kommen, abends kommt er nach Hause, kocht Spaghetti und spielt ein bisschen Gitarre. Freitags geht er Badminton spielen, samstagabends trifft er sich mit seiner Freundin. Ich habe Bobs Freundin erst ein paar Mal gesehen, vielleicht ist sie auch eher eine Art Liebschaft als seine Freundin. Bob sagt, sie geben sich gegenseitig ein bisschen Nähe, weil Menschen Nähe brauchen. Und natürlich meint er damit Sex, ich bin ja nicht bescheuert. Ich glaube, Bob und seine Freundin mögen sich auch. Aber so richtig verliebt sind sie nicht ineinander. Die einzige Frau, die Bob je geliebt hat, ist wahrscheinlich Fanni, meine Mutter. Und Fanni ist auch die einzige Person, bei der Bob sich anstrengen muss, um freundlich zu bleiben. Deshalb wusste ich sofort, dass sie am Telefon sein musste, als Bob an diesem Samstagmorgen durch die Wohnung tigerte und mit gepresster Stimme Sätze sagte wie: »Jetzt mal langsam, eins nach dem anderen!«, oder: »Schlaf doch nochmal ein paar Nächte drüber und überleg dir das richtig!«

Bob hat mir mal erzählt, dass er schon als Kind in Fanni verliebt gewesen ist. Sie sind beide auf dem Feuerberg groß geworden, waren zusammen im Kindergarten und in der Schule. Bob hat Fanni die Hausaufgaben abschreiben lassen, er hat seine Süßigkeiten mit ihr geteilt und sie bei sich zu Hause versteckt, wenn Fannis Vater einen seiner Wutanfälle hatte. Ihre komplette Kindheit haben Fanni und Bob miteinander verbracht, und die ganze Zeit über war Bob in Fanni verliebt. Aber er sagte es ihr nie. Als sie in die Pubertät kamen, fing Fanni an, mit anderen Typen auszugehen, und hatte immer weniger Zeit für Bob, der daraufhin das Skateboarden für sich entdeckte. Seine Jugend verbrachte Bob entweder im Park oder er saß zusammen mit ein paar anderen Nerds vor dem Computer und kopierte illegal irgendwelche Spiele auf Disketten. Fanni dagegen lebte ein Leben, das man direkt ausgedrückt als Ticket in den Abgrund bezeichnen konnte. Die Schule warf sie nach der neunten Klasse hin, eine Ausbildung zu machen hielt sie für überflüssig. Stattdessen experimentierte sie mit Drogen und hatte ständig Stress mit irgendwelchen Leuten aus der Siedlung. Eine Zeit lang wollte sie Rapperin werden, es gibt ein Tape, auf dem sie fünf selbstgeschriebene Songs aufgenommen hat, sie handeln vor allem von Jungs, Sex und den Diamanten, die sie sich kaufen wird, sobald sie mit ihrer Musik zum Superstar geworden ist. Der beste Reim auf der Kassette lautet: *Dein kleiner Schwanz macht Ententanz / ich bind mir einen Lorbeerkranz / und geh dann fett ins Restaurant.* Sie kopierte das Tape und schickte es an mindestens drei Plattenfirmen. Was für Fanni, die sonst immer nur über ihre Pläne redete, sie aber nie umsetzte, eine erstaunliche Leistung war. Leider meldete sich keine der Plattenfirmen zurück. Fanni erklärte das damit, dass die Leute einfach noch nicht bereit waren für radikalen Frauenrap. Sie sagte, sie würde es in ein, zwei Jahren noch einmal versuchen, wenn die Gesellschaft ein bisschen weiter wäre. Aber natürlich tat sie das nie. Stattdessen eierte sie weiterhin irgendwie durch die Gegend und mit 19 wurde sie zum ersten Mal von der Polizei verhaftet. Sie war auf LSD und lief in Unterwäsche den Seitenstreifen der Autobahn entlang. Sie hatte keine Ausweispapiere bei sich, und als sie am nächsten Tag wieder nüchtern war und gefragt wurde, wo sie wohnen würde, da nannte sie Bobs Adresse.

Bob und Fanni hatten zu diesem Zeitpunkt schon seit Jahren nicht mehr richtig miteinander gesprochen. Bob muss sich ziemlich gewundert haben, als sie plötzlich mit zwei Polizisten vor seiner Tür stand. Aber er merkte, wie durcheinander Fanni war, deshalb bat er sie einfach in seine Wohnung und sagte, sie könne bleiben, solange sie wollte. Und das tat sie. Während Bob, der nach seiner Lehre als Elektroniker in einer Werkstatt angestellt worden war, jeden Tag zur Arbeit ging und gleichzeitig versuchte, seine Selbstständigkeit aufzubauen, saß Fanni bei ihm zu Hause auf dem Sofa und guckte Disneyfilme.

Eines Abends, als Bob vollkommen erledigt nach Hause kam und sich neben sie setzte, merkte er plötzlich, wie sich Fanni in einer bestimmten Art und Weise an ihn kuschelte. Was sie bis zu diesem Zeitpunkt noch nie getan hatte und was Bob, der nie wirklich aufgehört hatte, in sie verliebt zu sein, so sehr freute, dass er innerlich fast explodierte. Die Krabbe Sebastian auf dem Bildschirm sang *Küss sie doch*, darüber musste Bob ein bisschen lachen, und dann küsste er Fanni. Danach waren sie ein Paar. Aber wie das ausging, habe ich ja schon aufgeschrieben.

Als ich hörte, dass Bob das Telefonat beendet hatte, schlug ich die Bettdecke zurück und ging in die Küche, wo Bob am Tisch saß und den Kopf in die Hände stützte.

»Guten Morgen«, sagte er und lächelte mich an. »Na, wie war die Party?«

»Wer war am Telefon?«, fragte ich zurück.

Bob seufzte und stand auf, um die Kaffeekanne aus der Filtermaschine zu nehmen.

»Ich weiß eh, dass es Fanni war«, sagte ich.

»Warum fragst du dann überhaupt?«, sagte Bob und setzte sich zurück an den Tisch. Er stellte eine Tasse vor mich und schenkte mir Kaffee ein.

»Was wollte sie denn?«, fragte ich.

»Ach«, sagte Bob, »sie hat sich von ihrem Mann getrennt und will wieder hierherziehen.«

»What!?«

»Ja«, sagte Bob. »So ungefähr hab ich auch reagiert.«

Bob hat, das sollte ich vielleicht noch erzählen, nach der Trennung nie aufgehört, sich um Fanni zu kümmern. Wenn sie ein Problem hat, dann ruft sie ihn an und er ist da für sie. Sie hatte in all den Jahren immer wieder größere und kleinere Zusammenbrüche. Wie gesagt, sie ist crazy. Nicht auf die Art, wie man das manchmal so sagt über Leute. Sie ist wirklich crazy. Einmal zum Beispiel warf sie bei einem Streit mit ihrem damaligen Freund vor Wut all seine Möbel vom Balkon aus auf die Straße. Ein anderes Mal bekam sie Hausverbot in einem Supermarkt, weil sie glaubte, die Kassiererin habe ihr zu wenig Wechselgeld herausgegeben, und sie daraufhin so ausrastete, dass die Polizei kommen musste. Wenn sie traurig war, betrank sie sich manchmal so sehr, dass sie heulend am Straßenrand lag und nicht mehr aufstehen konnte. Alle, wirklich alle auf dem Feuerberg kannten Fanni. »Deine Mutter ist unsere Siedlungs-Marilyn-Monroe«, hat die Mutter von Lou mal gesagt. Und es stimmt, Fanni sieht dieser Schauspielerin tatsächlich ein bisschen ähnlich. Allerdings kann es sein, dass Lous Mutter die Bemerkung nicht nur auf Fannis Aussehen bezogen hat – soweit ich weiß, hatte Marilyn Monroe auch einen Hang zu Drama, Drogen und Alkohol. Wenn Fanni aus dem Haus ging, trug sie nie einfach nur Jeans und Pullover. Sie war immer so extravagant angezogen, als würde sie zu einem Galadinner gehen und nicht zum Kiosk, um Zigaretten zu kaufen oder so. Sie stöckelte mit hocherhobenem Kopf durch die Siedlung und wahrscheinlich glaubte sie, dass alle sie bewunderten. Aber in Wirklichkeit zerrissen sich die Leute hinter ihrem Rücken das Maul über sie. Denn natürlich wussten alle, dass Fanni ihre Familie verlassen hatte, dass sie sich immer in die allerschlimmsten Typen verliebte, dass sie zu viel trank und psychische Probleme hatte. In eine Klinik zu gehen, kam für Fanni allerdings nicht infrage, Bob bekam jedes Mal Streit mit ihr, wenn er damit anfing. Also kümmerte er sich eben um sie.

»Was soll ich machen?«, sagte er zu mir. »Sie ist deine Mutter, ich kann doch nicht einfach zugucken, wenn es ihr schlecht geht.«

Er telefonierte stundenlang mit ihr, ging mit ihr spazieren, half ihr dabei, ihre Rechnungen zu bezahlen und die Amtshilfe zu beantragen, hörte ihr zu, kaufte manchmal sogar für sie ein und kochte für sie.

Als ich 13 war, machte Fanni einen Ausflug nach Frankfurt, ging dort in ein Kaufhaus und klaute Schmuck, Klamotten und Parfüm im Wert von über 3000 Euro. Warum sie das tat, konnte sie wahrscheinlich selbst nicht beantworten. Es war die Art von Aktion, die typisch war für Fanni. Ich glaube, sie brauchte das. Sie wurde verhaftet, und es gab ein Gerichtsverfahren. Fanni bekam einen Pflichtverteidiger, er hieß Gerhard, Fanni verliebte sich in ihn, und danach ging alles ganz schnell. Nur ein paar Monate, nachdem sie Gerhard kennengelernt hatte, heiratete sie ihn und zog zu ihm nach Frankfurt. Bob war deswegen am Anfang ziemlich sauer, er war der Meinung, sie würde mich im Stich lassen. Aber ehrlich gesagt war ich froh, dass sie weg war. Die Tochter der stadtbekannten Verrückten zu sein, ist nicht gerade das, was du brauchst, wenn du gerade in die Pubertät gekommen bist. Fanni war mir peinlich und nachdem ich Bob ungefähr zehntausendmal versichert hatte, dass mir ihr Umzug nichts ausmachte, beruhigte er sich irgendwann und sagte, dass es vielleicht sogar besser so war. Ich glaube, insgeheim war er auch froh, dass sie weg war und sich jemand anders um sie kümmerte. Seit sie geheiratet hatte und nach Frankfurt gezogen war, rief Fanni nicht mehr jeden Tag bei Bob an, sondern höchstens noch einmal im Monat. In letzter Zeit hatte sie, wenn ich es mir genau überlegte, eigentlich fast gar nicht mehr angerufen.

Fannis Ehemann war, im Gegensatz zu den anderen Knalltüten, mit denen Fanni sonst so zusammen gewesen war, ein ziemlich vernünftiger Typ. Schon sein Vorname war vernünftig. Gerhard. So heißen Leute, die ihre Rechnungen pünktlich bezahlen und abends mit klassischer Musik in der Badewanne entspannen. Jedes Mal, wenn ich Gerhard gesehen habe, hat er einen Anzug getragen und ein sehr sauberes Gesicht gehabt.

Ich muss allerdings zugeben, dass ich ihm noch nicht sehr oft begegnet bin. Fanni ist kurz nach ihrem Umzug drei- oder viermal mit ihm hier gewesen, wir haben in einem Restaurant gegessen, Gerhard hat wenig gesagt, dafür aber die Rechnung bezahlt. Ich fand ihn ziemlich langweilig, aber Fanni schien er gut zu tun. Sie hat in Frankfurt ihre Mittlere Reife nachgeholt und seit drei Jahren keinen Zusammenbruch mehr gehabt. Keinen jedenfalls, den wir mitbekommen haben. Dass sie sich von ihrem Gerhard-Anwalt getrennt hatte und wieder hierherziehen wollte, war tatsächlich kein gutes Zeichen.

»Wenn das jetzt alles wieder von vorne losgeht, drehe ich auch irgendwann durch«, sagte Bob. »Ich hab keine Kraft mehr dafür, ich pack das nicht.«

»Dann hör auf damit«, sagte ich. »Sag ihr, dass sie sich woanders ausheulen soll. Nimm das Telefon nicht mehr ab, blockier ihre Nummer.«

»Das kann ich nicht.«

»Wieso nicht?«

»Keine Ahnung«, sagte Bob. »Ich kann das einfach nicht.«

Ich lehnte mich in meinem Stuhl zurück und sah Bob an. Er wirkte müde und gar nicht so fröhlich wie sonst, seine Haare standen in alle Richtungen ab, und mir fiel plötzlich auf, dass er älter wurde. Der Bart auf seinen Wangen hatte einen leichten grauen Schimmer, und die Falten um seine Augen waren tiefer geworden.

»Liebst du sie noch?«, fragte ich.

Bob erwiderte meinen Blick, dann sah er aus dem Fenster.

»Liebe«, sagte er. »Was heißt das? Will ich wieder mit Fanni zusammen sein? Nein, vielen Dank. Mache ich mir ständig Sorgen um sie und hoffe ich, dass es ihr gut geht? Ja, auf jeden

Fall. Haben wir eine einfache Beziehung? Nein. Ist es Liebe? Ich glaube schon. Was für eine Art von Liebe? Keine Ahnung.«

»Hä?«, sagte ich und rührte einen Löffel Zucker in meinen Kaffee. »Wie meinst du das? Wie viele Arten von Liebe gibt es denn?«

Bob zuckte die Schultern. »Ich glaube, es gibt so viele, wie du willst«, sagte er. »Was du mit Yasin, Lou und Teddy hast, das ist auch Liebe, oder nicht?«

»Ja«, sagte ich. »Irgendwie schon.«

»Die Leute sagen immer, Liebe ist ein Gefühl, Liebe ist magisch, Liebe kommt und geht, Liebe kann man nicht erklären«, sagte Bob. »Aber ich glaube, das stimmt nicht. Ich glaube, man kann sich entscheiden, wen man liebt. Und wie man das tut.«

»Aber manchmal verliebt man sich doch auch, obwohl man das vielleicht gar nicht will?«

»Ja«, sagte Bob. »Das passiert. Aber sich verlieben und jemanden lieben, das sind zwei unterschiedliche Dinge. Sich verlieben ist wie Drogen nehmen. Es ist ein Rausch und irgendwann geht er vorbei. Jeder Rausch geht irgendwann vorbei. Manchmal ganz schnell, manchmal dauert es ein bisschen. Aber er geht auf jeden Fall vorbei. Ob man jemanden liebt, das kann man entscheiden.«

»Aber zum Beispiel Yasin«, sagte ich. »Der liebt Leyla seit Jahren. Obwohl sie nichts von ihm wissen will. Wenn er sich dafür entscheiden könnte, dann würde er doch einfach damit aufhören, oder nicht?«

»Ich habe nicht gesagt, dass die Leute sich immer nur für die Liebe entscheiden, die ihnen guttut«, sagte Bob. »Die Leute entscheiden sich generell oft für Dinge, die ihnen eher schaden als guttun. Nicht nur was die Liebe betrifft. Vielleicht fühlen sie sich wohler, wenn sie unglücklich sind. Ich weiß es doch auch nicht. Hast du Hunger?«

»Hm«, machte ich und sah Bob dabei zu, wie er aufstand und zum Kühlschrank ging, um eine Schachtel Eier herauszunehmen. Er stellte eine Pfanne auf den Herd, goss Öl hinein und schlug zwei Eier auf. Bald schon breitete sich der verführerische Duft nach Fett und gebratenem Eiweiß in der Küche aus. Bob holte zwei Teller aus dem Schrank und ließ die Spiegeleier darauf gleiten, bestreute sie mit Salz, Schnittlauch und Paprika und legte eine Scheibe Brot dazu. Erst als er sich zurück an den Tisch setzte, nahmen wir unser Gespräch wieder auf.

»Leyla ist jetzt mit Tom zusammen«, sagte ich und fing an, die Brotscheibe mit Butter zu bestreichen.

»Und beschäftigt dich das?«, fragte Bob.

»Mich?«, sagte ich. »Wieso sollte mich das beschäftigen? Nee, wegen Yasin.«

Aber wenn ich ehrlich war, dachte ich seit dem vergangenen Abend ziemlich viel über Tom nach. Als er irgendwann wieder aus Leylas Zimmer gekommen war, war er so laut und so großkotzig gewesen wie immer, und ganz bestimmt vermutete niemand, dass er nur kurze Zeit vorher geweint hatte. Aber ich, ich wusste es, und wann immer ich ihn anguckte, musste ich daran denken. Es war nicht so, dass ich ihn plötzlich gut leiden konnte. Aber irgendwie tat er mir furchtbar leid, ich konnte das nicht abstellen, den ganzen Abend hatte ich Mitleid mit Tom. Es war ein bisschen so, als würdest du durch ein Filmset laufen, von einem Western oder so, und auf einmal verstehen, dass die Häuser nur Pappkulissen sind. Von vorne glaubst du, das tatsächlich Leute dort wohnen, alles da und in Farbe, detailgetreu und eindrucksvoll ausgearbeitet. Und dann gehst du einmal rundherum und siehst, dass es nur einen kleinen Tritt bräuchte und die ganze schöne Fassade läge im Wüstensand.

»Ach so«, sagte Bob. »Wegen Yasin, verstehe, klar.«

»Ja«, sagte ich. »Das ist ziemlich hart für ihn.«

»Hm«, machte Bob, und es war ein Glück für mich, dass er mit seinen Gedanken immer noch bei Fanni war, denn sonst hätte er bestimmt gemerkt, dass ich nicht die ganze Wahrheit sagte. Bob ist in solchen Dingen eigentlich ziemlich gut, es ist schwer, ihm etwas zu verheimlichen. Aber er kaute abwesend an seinem Spiegelei herum, und ich war froh, dass er nicht weiter nachfragte.

***

Irgendwann am Nachmittag fing es an zu regnen. Eine Weile schrieb ich mit den anderen hin und her. Lou war total verkatert und schaffte es den ganzen Tag nicht aus dem Bett. Zusammen mit Teddy war Lou bis zum Morgen auf Leylas Party geblieben und hatte im Billardzimmer die Schnapsvorräte von Leylas Eltern durchgetestet. Als ich Teddy eine Nachricht schickte und ihn fragte, wie es ihm ging, antwortete er nur mit einem sich erbrechenden Emoji, ihm ging es scheinbar nicht viel besser. Yasin hatte auch keine Zeit, samstags war bei ihnen zu Hause Familientag. Was für Yasins Eltern bedeutete, dass ihre Kinder in dem Imbiss aushalfen, den sie in der Innenstadt führten. Yasin schickte ein Bild von sich selbst, mit Haarnetz und Schürze und einer Jumbopackung gefrorener Pommes im Arm. Eltern können echt grausam sein.

Ich versuchte, ein bisschen zu lernen, aber das gab ich bald schon wieder auf und fing an, mich durch Toms Profile auf Instagram und TikTok zu klicken. Er war, das hatte ich schon fast vermutet, ziemlich aktiv auf Social Media, hauptsächlich postete er Skatevideos natürlich. Er wurde von einem Getränkehersteller und einer Kleidermarke gesponsert, für die er ab und an Getränkedosen und Pullover in die Kamera hielt.

Ein Foto zeigte Tom und seinen Vater auf einer Halfpipe. Es war schon fünf Jahre alt, und Tom war noch ein richtiges Babyface auf dem Bild. Zusammen mit seinem Vater stand er oben auf der Rampe, beide mit Helm und Knieschonern, das Skateboard bereit für den Drop-in. Unter das Foto hatte Tom geschrieben: *Like father, like son.* Toms Vater sah sympathisch aus, wie jemand, der mit Bob befreundet sein könnte. Ich betrachtete das Bild mehrere Minuten lang, aus irgendeinem Grund konnte ich mich nicht davon lösen. Wenn Bob sterben würde, würde meine Welt zusammenbrechen. Ich musste nur daran denken und mir wurde ganz anders. Wo würde ich wohnen, wenn Bob nicht mehr wäre? Wer würde Spaghetti aglio olio so kochen können wie Bob? Und wer würde beim Kochen so bescheuert durch die Küche tanzen wie er? Wer würde mir Ben & Jerry's kaufen, wenn ich PMS hatte und alle nur anschreien wollte? Wer würde wissen, dass ich es liebte, morgens nach dem Duschen ein vorgewärmtes Handtuch von der Heizung zu nehmen? Fanni, nein Fanni würde diese Dinge bestimmt nicht für mich tun, und auch sonst niemand.

Ich zoomte das Gesicht von Toms Vater ein bisschen größer. Er war beim Freeclimben abgestürzt, hatte Tom gesagt. Ein etwa 40-jähriger, gesunder Mann, der einfach so aus dem Leben gerissen worden war. Ich hatte noch nie jemanden verloren, ich konnte mir nicht mal vorstellen, wie unfassbar schrecklich das für Tom und seine Mutter gewesen sein musste. Oder vielleicht immer noch war. Wie lebt man weiter, wenn so etwas passiert? Wie hält man das aus, dass die Welt sich einfach weiterdreht? Dass man morgens aufstehen und zur Arbeit gehen muss oder zur Schule? Dass dein Chef dich zurechtweist, wenn du fünf Minuten zu spät kommst, und deine Arbeitskolleg*innen im Pausenraum die immergleichen Sprüche machen? Dass die Wolken sich über den Himmel schieben, und der Nudelauflauf in der Mensa der Berufsschule so pampig und schlabberig ist wie eh und je? Wie macht man weiter, wenn etwas einfach aufgehört hat und nie mehr wiederkommen wird? Vielleicht stimmt es, was Tom später mal gesagt hat. Dass alles ineinander übergeht. Es fällt kein Startschuss, ab dem von einem auf den anderen Tag alles anders ist oder man plötzlich eine neue Person ist – die Dinge verschwimmen ineinander. Manches hört auf, aber anderes geht einfach weiter, der Anfang ist nicht richtig fassbar, und vielleicht merkt man erst Jahre später, dass man sich verändert hat. Vielleicht erinnert man sich noch daran, wie man früher war, wie man mal durch die Tage gegangen ist, aber man kann nie mehr dahin zurück.

Es war auffällig, dass Tom auf früheren Fotos viel fröhlicher wirkte, er zog oft Grimassen oder streckte die Zunge in die Kamera. Vielleicht, dachte ich, hätte ich diesen Tom lieber gemocht als den Tom, der fast nie lächelte, der so arrogant wirkte und ganz selbstverständlich den Platz als coolster Typ der Stadt eingenommen hatte. Aber seit dem vergangenen Abend glaubte ich irgendwie nicht mehr an den coolsten Typen der Stadt. Der coolste Typ der Stadt war eine Pappkulisse, die im Sand lag und über die ein paar Heuballen wehten. Ich wusste noch nicht genau, was das bedeutete. Aber irgendetwas bedeutete es auf jeden Fall.

TAG 7

An dem es immer noch regnet, Fanni Kaffee trinken will und Tom zum zweiten Mal wütend auf mich ist.

Am Sonntagmorgen regnete es so heftig, dass ich davon geweckt wurde. Der Wind peitschte den Regen gegen die Fensterscheibe, und der Himmel war grau wie eine Betonmischanlage. Ich trat ans Fenster und sah hinunter auf die Häuser der Feuerberg-Siedlung, die bei diesem Wetter noch trostloser wirkten als sonst. Im Haus gegenüber stand ein kleines Kind am Fenster. Es trug noch Windeln und drückte seine kleinen Patschhände gegen die Scheibe. Ich winkte dem Kind zu, und es winkte mir so begeistert zurück, dass es beinahe von dem Stuhl gefallen wäre, auf dem es stand. Im nächsten Moment kam die Mutter und hob das Kind hoch. Das Kind sagte etwas und zeigte in meine Richtung, aber die Mutter achtete nicht darauf und trug das Kind weg vom Fenster. Der Regen fiel aus dem Himmel, als hätte er eine Mission, pladderte an die Fensterscheiben und zwischen den Häusern auf den Asphalt. In den Park würden wir heute nicht gehen können, und die Kaufland-Tiefgarage war sonntags geschlossen. Manchmal skateten wir bei Regen bei mir im Hauseingang, der für einen Hauseingang relativ großzügig war, für einen Skatespot aber natürlich viel zu klein. Einmal hatte Yasin sich eine Gehirnerschütterung geholt, weil er sich den Kopf an den Briefkästen angeschlagen hatte. Nach dem Frühstück würde ich den anderen vielleicht trotzdem schreiben und ihnen vorschlagen, eine kleine Session dort zu machen.

Als ich gerade in die Küche gehen wollte, um Kaffee zu machen, klingelte es an der Tür. Ich nahm den Hörer der Gegensprechanlage ab und sagte: »Hallo?«

»Hallo«, antwortete eine Frauenstimme. »Ich bin's.«

»Wer?«

»Fanni.«

Es dauerte ein paar Sekunden, bis die Information bei mir ankam. Ich hängte den Hörer zurück und drückte den Türöffner. Mein Herz schlug viel zu schnell, und ich atmete plötzlich so flach, dass die Luft gar nicht wirklich in meiner Lunge ankam. Fanni war schon seit Ewigkeiten nicht mehr bei uns gewesen, das letzte Mal, glaube ich, an Weihnachten vor zwei Jahren. Letztes Jahr war sie an meinem Geburtstag plötzlich im Park aufgetaucht, mit einem Blumenstrauß und einer riesigen Schwarzwälder Kirschtorte. Ich habe im Sommer Geburtstag, und es war ein ziemlich heißer Tag, denkbar ungünstige Bedingungen für ein Backwerk, das zu ungefähr 90 Prozent aus Sahne besteht. Fanni hatte auf einer Bank am Rand gesessen und uns beim Skaten zugeguckt. Die Torte hatte neben ihr gestanden und war in der Sonne verlaufen, es hatte keine halbe Stunde gedauert, dann hatte sie sich fast vollständig verflüssigt. Irgendwann hatte Lou Mitleid mit Fanni gehabt und sich mit den Händen ein Stück der Torte genommen (denn natürlich hatte Fanni vergessen, Teller und Besteck mitzubringen). Ein paar andere waren Lous Beispiel gefolgt, Teddy allerdings hatte sich das Zeug nicht in den Mund gestopft, sondern die Leute damit beworfen. Es war alles ziemlich peinlich gewesen.

Seitdem hatte ich Fanni nicht mehr gesehen. Sie wohnte in Frankfurt mit ihrem Gerhard und hatte einen Hund, sehr viel mehr wusste ich nicht, und ehrlich gesagt, es interessierte mich auch nicht wirklich. Ich weiß, das klingt seltsam, sie ist ja immerhin meine Mutter. Aber wenn sie anrief, dann machte ich meistens nur ein bisschen Smalltalk mit ihr, bevor ich den Hörer an Bob weitergab. Fanni war schon so lange aus meinem Leben verschwunden, ich hatte keine Ahnung, wo ich hätte anfangen sollen, ihr davon zu erzählen.

Ich guckte in den Spiegel neben dem Flur und versuchte mit den Fingerspitzen ein bisschen Ordnung in meine Locken zu bringen, die mir vom Kopf abstanden, als hätte ich mit der Hand in der Steckdose geschlafen. Nach ein paar Versuchen gab ich es jedoch auf, atmete noch einmal tief durch und dann öffnete ich die Wohnungstür. Ein paar Augenblicke später kam der Lift in unserem Stockwerk an. Fanni breitete sofort ihre Arme aus, als sie mich sah, ich hielt ihr jedoch meine flache Hand entgegen, und sie schlug ein.

»Hey, Süße, na?«, rief sie. »Ist das eine Überraschung oder ist das eine Überraschung?«

»Beides.«

Fanni lachte. »Lässt du mich rein?«

Ich trat zur Seite, und Fanni lief an mir vorbei in die Wohnung. Sie war, für ihre Verhältnisse, ziemlich schlicht, fast schon langweilig angezogen. Jeans, ein rosafarbener Pullover, der ziemlich flauschig wirkte, dazu weiße Turnschuhe. Sonst trug Fanni immer, wirklich immer Absatzschuhe, ich hatte sie, glaube ich, noch kein einziges Mal in Turnschuhen gesehen. Wäre sie mir in dieser Normalo-Aufmachung zufällig auf der Straße begegnet, hätte ich sie auf den ersten Blick vielleicht gar nicht erkannt. Das Auffälligste an ihr waren die kinnlangen Haare, die sie wasserstoffblond gefärbt hatte. Was ihr, das musste ich zugeben, ziemlich gut stand. Dass Fanni eine schöne Frau war, habe ich schon als kleines Kind begriffen. Manchmal ist sie sonntags mit mir Eis essen gegangen, und fast jedes Mal, wenn wir vor der Eisdiele gesessen hatten, ich mit meinem Spaghettieis und Fanni mit ihrem Espresso, war ein Typ gekommen und hatte sie angequatscht. Sie war wie ein Magnet, es gab kaum

Männer, die einfach an ihr vorbeigingen. Und wenn sie sie nicht ansprachen, dann guckten sie zumindest.

»Wahnsinn«, sagte Fanni, als sie in der Küche angekommen war und sich auf einen Stuhl gesetzt hatte. »Hier hat sich ja wirklich gar nichts verändert.«

»Kann sein«, sagte ich.

Fanni lächelte, es entstand eine unangenehme Pause.

»Tut mir leid, dass ich einfach so hier reinplatze«, sagte Fanni. »Ich hätte anrufen sollen, oder?«

»Ja«, sagte ich. »Vielleicht.«

»Ich hab gedacht, es ist eine gute Idee. Ich bin einfach losgefahren. Ich hab mich so darauf gefreut, dich zu sehen. Du bist so groß geworden. Wahnsinn.«

Sie guckte mich an. Ich schaffte es nicht, ihrem Blick standzuhalten und drehte mich zur Küchenzeile, um Kaffee zu machen.

»Und?«, fragte Fanni. »Warst du gestern Party machen?«

Ich konnte hören, dass sie sich um einen lockeren Tonfall bemühte, und aus irgendeinem Grund machte mich das aggressiv.

»Wieso?«, fragte ich, während ich das Kaffeepulver ein bisschen zu schwungvoll in den Filter löffelte.

»Du bist 17, es ist Wochenende, da macht man Party, oder nicht?«

»Ist das so?«

»Na klar«, sagte Fanni. »In deinem Alter war ich quasi ständig unterwegs.«

»Ja«, sagte ich. »Das wissen wir.«

Fanni überhörte diese Spitze mit Absicht oder sie nahm sie tatsächlich nicht wahr, in solchen Dingen ist sie eine Meisterin.

»Und die Jungs?«, fragte sie fröhlich, während sie in ihrer Handtasche herumkramte. »Was machen die Jungs? Wie läuft's mit der Liebe?«

»Ich steh nicht auf Jungs«, sagte ich.

Ich sagte es aus Trotz, es ärgerte mich, dass sie einfach davon ausging, ich wäre heterosexuell. Es ärgert mich immer, wenn Leute einfach von irgendwas ausgehen und glauben, sie wüssten besser über mich Bescheid als ich selbst. Mir war ja selbst noch gar nicht wirklich klar, was ich wollte. Ich meine, ja, letztes Jahr am Stadtfest hatte ich mit einem Mädchen geknutscht. Aber ehrlich gesagt war ich auch eine ganze Weile lang heimlich in Lou verliebt gewesen. Das wusste nur niemand, und es war schon drei Jahre her, nichts, über das man hätte reden müssen. Irgendwie ist das Geschlecht einer Person für mich, glaube ich, nicht ausschlaggebend dafür, dass sie mir gefällt. Es muss einfach irgendwie stimmen. Aber, ganz ehrlich, ich denke gar nicht so viel über diese Sachen nach. Ich denke viel lieber über Dinge nach, die mit Skaten zu tun haben, über Tricks und neue Spots, ob ich endlich mal einen Ollie über die Achter-Treppe beim Berufsschulzentrum mache (obwohl der Anfahrtsweg eigentlich viel zu kurz ist), dass wir mal wieder das Geländer bei der Bücherei skaten sollten (was wir viel zu selten machen, weil wir meistens nach fünf Minuten schon wieder vertrieben werden), oder wie ich Bob dazu bringe, mir neue Skateschuhe zu kaufen, weil meine alten schon wieder auseinanderfallen. Und ich explodiere innerlich, wenn jemand zu sehr auf diesem Liebesding herumreitet. Ich verstehe nicht, warum das so wichtig ist und warum die Leute so dringend das Bedürfnis haben, da Ordnung reinzubringen. Bei mir ist es einfach nicht so eindeutig. Entweder-oder, hoppy-toppy, flippy-floppy. Warum muss es immer eindeutig sein? Warum muss man sich erklären, wenn man nicht eindeutig ist? Warum muss es immer eine Schublade geben, die passt? *Omnisexuell mit asexuellen Tendenzen* ist vielleicht meine Schublade. Oder *pansexuell.* Aber das würde ich ganz sicher nicht mit Fanni diskutieren.

»Ach so«, sagte Fanni. »Ach so. Also bist du ... Das ist... Was sagt man dazu jetzt? Herzlichen Glückwunsch?«

»Danke, nett von dir«, sagte ich und schaltete die Kaffeemaschine an. Fanni kramte immer noch in ihrer Handtasche herum. Irgendwann fand sie ein Feuerzeug und ging zur Balkontür.

»Und mit den Mädels?«, fragte Fanni und zog eine Zigarette aus der Schachtel. »Wie läuft's mit den Mädels?«

»Ich geh mal nach Bob gucken«, sagte ich und lief aus der Küche, bevor dieses Gespräch richtig akward wurde.

Von Samstag auf Sonntag übernachtete Bob oft bei seiner Freundin, aber glücklicherweise war er in der vergangenen Nacht nach Hause gekommen. Ich war mehr als erleichtert, als ich in sein Schlafzimmer trat und ihn in seinem Bett liegen sah.

»Hey«, zischte ich und rüttelte ihn an der Schulter. »Wach auf. Fanni ist da.«

»Hm?«, brummte Bob und drehte sich zu mir. Sein Gesicht war vom Schlaf noch ganz zerknautscht, und seine Haare standen vom Kopf weg in alle Richtungen.

»Sie sitzt in der Küche und will Kaffee trinken«, flüsterte ich. »Du kannst vergessen, dass ich das alleine mache.«

»Okay, okay«, sagte Bob. »Ich komm ja schon.«

Er schob die Bettdecke zur Seite, setzte sich auf und rieb sich übers Gesicht.

»Hast du gewusst, dass sie kommt?«, fragte ich, während ich Bob dabei zusah, wie er in sein T-Shirt und seine Jeans schlüpfte, die er am Vorabend einfach auf den Boden hatte fallen lassen.

»Nee, natürlich nicht«, sagte Bob. »Das hätte ich dir schon gesagt.«

»Zum Glück hast du heute Nacht hier geschlafen«, sagte ich. »Sonst wär ich jetzt alleine mit ihr.«

»Ah, komm schon«, sagte Bob. »Sie ist immerhin deine Mutter.«

»Pff«, machte ich.

Bob wollte etwas erwidern, er guckte mich an und machte den Mund auf und wieder zu. Dann winkte er ab und lief mir voran in die Küche.

Fanni stand in der Balkontür und rauchte, neben ihr auf der Küchenzeile blubberte leise die Kaffeemaschine.

»Guten Morgen«, rief sie, als sie Bob sah. Sie schnippte ihre Zigarette vom Balkon und breitete ihre Arme aus. Bob wehrte sich, im Gegensatz zu mir, nicht dagegen und umarmte sie zur Begrüßung.

»Hier bin ich!«, sagte Fanni.

»Ja«, sagte Bob, aber er klang wenig begeistert. »Das bist du tatsächlich.«

Fanni lachte. »Ich hätte auch nicht gedacht, dass das so schnell passiert. Aber dann hab ich gestern mit dir telefoniert und mir gesagt, was soll's, meine Entscheidung steht ja sowieso schon fest. Warum soll ich noch länger warten? Und dann hab ich meine Sachen gepackt und bin in den Zug gestiegen.«

»Und dein Mann?«

»Wir haben uns getrennt«, sagte Fanni.

»Ja«, sagte Bob und er klang gereizt. »Das hast du gestern schon gesagt. Aber ihr seid immerhin verheiratet. Vielleicht redet ihr nochmal drüber. Das ist doch keine Entscheidung, die man von einem Tag auf den anderen trifft.«

»Ich hab diese Entscheidung nicht von einem auf den anderen Tag getroffen«, sagte Fanni. »Ich hab sehr lange darüber nachgedacht.«

»Aha«, sagte Bob. Dann nahm er die Kanne aus der Kaffeemaschine und goss sich eine Tasse ein, obwohl das Wasser noch gar nicht komplett durchgelaufen war.

»Ich habe Gerhard damals geheiratet, weil ich gedacht hab, er hilft mir, mein Leben in den Griff zu kriegen«, sagte Fanni.

»Aber ich war nicht glücklich mit ihm. Kein Mensch sollte in einer Beziehung bleiben, in der er nicht glücklich ist, oder?«

Bob trank einen Schluck aus seiner Tasse und nickte, sagte aber nichts.

»Kann ich auch einen Kaffee haben, bitte?«, sagte Fanni.

»Und dann?«, fragte Bob. »Was machst du dann?«

»Dann würde ich ihn trinken?«

»Wo wohnst du, wenn du wieder hierherziehst?«, fragte Bob. »Nur mal so zum Beispiel?«

»Erstmal hab ich mir ein Zimmer in einer Pension unten in der Stadt genommen.«

»Und dann?«, fragte Bob.

»Keine Ahnung«, sagte Fanni. »Ich such mir halt eine Wohnung.«

»Haha«, machte Bob. »Wann hast du dir jemals eine Wohnung gesucht? Du hast in deinem ganzen Leben noch keinen einzigen Mietvertrag unterschrieben.«

»Dann sollte ich vielleicht irgendwann mal damit anfangen, oder nicht?«, sagte Fanni und stand auf, um sich selbst eine Tasse aus dem Schrank zu nehmen.

»Ja«, sagte Bob. »Es wäre gut, wenn du mit so einigen Sachen mal anfangen würdest. Da geb ich dir vollkommen recht. Aber ich weiß gleichzeitig auch, dass du das nicht machen wirst.«

»Wieso nicht?«, fragte Fanni und goss sich Kaffee ein. Dann setzte sie sich wieder hin und schaufelte drei große Löffel Zucker in ihre Tasse.

»Ja, wieso nicht?«, sagte Bob und seine Stimme war so scharf, dass sogar ich darüber erschrak. »Das wüsste ich auch gerne. Aber es wird nicht passieren. Ich sag dir, was stattdessen passiert. Du stehst irgendwann mit einem gepackten Koffer hier vor unserer Tür und erwartest, dass Ari und ich dich wieder mal raushauen. Und dann sagen wir, klar kannst du hier ein paar Tage bleiben, weil auf die Straße schicken wir dich natürlich nicht. Und aus ein paar Tagen werden ein paar Wochen und dann vielleicht sogar ein paar Monate, und du sitzt hier, auf diesem Balkon, die ganze scheiß Zeit sitzt du hier auf diesem Balkon und rauchst und sonst tust du gar nichts. Weil du nie irgendwas tust. Weil du, seitdem ich dich kenne, noch nie wirklich irgendwas auf die Reihe gekriegt hast. So sieht es aus.«

Bei den letzten Worten war Bob richtig laut geworden, ich hatte ihn schon lange nicht mehr so wütend erlebt. Ich guckte Fanni an, sie tat mir leid. Sie sah aus, als hätte Bob sie ins Gesicht geschlagen, und für einen Moment war ich sicher, dass sie anfangen würde zu heulen. Dann fasste sie sich jedoch wieder.

»Das stimmt nicht«, sagte sie. »Ich hab meinen Realschulabschluss nachgeholt. Falls du das nicht mitbekommen hast. Zum Beispiel.«

»Ja«, rief Bob, »und warum hast du das geschafft? Weil dein Mann dir dabei geholfen hat. Glaubst du, du hättest das alleine hingekriegt? Glaubst du, du kriegst irgendwas alleine hin?«

»Du bist gemein«, sagte Fanni.

»Nee«, sagte Bob. »Ich bin einfach realistisch.«

»Fuck«, sagte Fanni und schob ihren Stuhl zurück. »Was mach ich eigentlich hier?«

»Ja, das frage ich mich auch«, sagte Bob. »Du kommst immer nur, wenn du Probleme hast. Aber wir haben auch ein Leben. Wir haben eigene Probleme. Das kannst du dir gar nicht vorstellen, oder? Du glaubst, du kannst hier einfach immer wieder ankommen und wir sind da für dich?«

»Keine Sorge«, sagte Fanni. »Ich bin schon wieder weg.«

Sie nahm ihre Handtasche, ein winziges Ding mit Plüschbesatz. Dann streichelte sie mir über die Schulter und lief aus der Küche, ohne Bob noch einmal anzusehen.

»Toll«, sagte Bob, als die Wohnungstür ins Schloss fiel. »Das war ja mal ein richtig guter Start in den Tag.«

***

Nachdem Fanni abgerauscht war, ging Bob in sein Schlafzimmer und zog seine Joggingsachen an. Er hatte vor ein paar Jahren mit dem Laufen angefangen, das war seine Art, den Kopf freizubekommen. Ich hoffe, ich werde nie so alt, dass ich mit dem Skaten aufhöre und mein Geld stattdessen in Sportbekleidungsgeschäften ausgebe. Ich liebe Bob über alles, aber in seinen hautengen Joggingpants und dem Sportshirt mit Reflektorstreifen sieht er einfach nur bescheuert aus.

»Ich find's gut, was du gemacht hast«, sagte ich, während Bob im Flur seine Laufschuhe anzog.

»Hm«, machte Bob und band einen Doppelknoten in seine Schnürsenkel.

»Du lässt dir sonst immer alles von ihr gefallen«, sagte ich. »Es ist gut, dass du ihr mal deine Meinung gesagt hast. Bisschen hart vielleicht, aber gut.«

»Hm«, machte Bob noch einmal, dann stand er auf, um seinen Schlüssel vom Haken zu nehmen. »Wir reden später, okay? Ich muss jetzt kurz allein sein.«

»Versteh ich. Klar. Viel Spaß beim Joggen.«

»Danke.«

Bob nickte mir zu, dann machte er die Wohnungstür hinter sich zu. Ich ging zurück in die Küche, um Kaffee zu trinken. Die Balkontür stand noch immer offen, dahinter rauschte unverändert der Regen. Ich sah, dass Fanni ihr Feuerzeug auf dem Balkongeländer liegengelassen hatte. Es war pink, wie so viele Dinge, die Fanni besaß. Sie hatte eine Vorliebe für Rosatöne in allen Farbstufen, ihr Kleiderschrank war hellrosa, pink und violett, wie ein Bonbonladen. Ich nahm das Feuerzeug und steckte es in meine Hosentasche. Dann spülte ich die Kaffeetassen ab und beschloss, bei Teddy klingeln zu gehen.

Wenn es regnet oder schneit und wir nicht skaten gehen können, hängen wir meistens bei Teddy. Seine Wohnung ist zwar winzig, ein Zimmer mit Kochnische und einem separaten Badezimmer, das nicht sehr viel größer ist, als eine Flugzeugtoilette. Aber es gibt dort keine Eltern, die uns stören könnten. Manchmal sind wir auch bei mir zu Hause, mit Bob kommen alle gut klar. Zu Yasin und Lou gehen wir fast nie. Lous Mutter ist nett, aber sie ist ständig überarbeitet und will zu Hause ihre Ruhe haben. Und Yasins Eltern kommen alle fünf Minuten ins Zimmer, um zu fragen, ob wir irgendwas brauchen. Außerdem hat er zwei echt nervige kleine Geschwister, die manchmal so laut streiten, dass wir uns in den Wandschrank setzen müssten, um ein Gespräch führen zu können.

»Wir kaufen nichts«, sagte Teddy in die Gegensprechanlage, nachdem ich bei ihm geklingelt hatte. »Und wir wollen auch keine Bibellesung.«

»Witzig«, antwortete ich. »Mach auf, Teddy.«

Ich hörte Teddy lachen. »Es ist Ari«, sagte er zu jemandem im Hintergrund. Im nächsten Moment summte der Türöffner.

Ich rechnete damit, dass Yasin oder Lou bei Teddy waren, aber als ich oben in seiner Wohnung ankam, sah ich, dass Tom auf Teddys Bett saß. Ich war so überrascht, dass ich Teddy nicht mal richtig begrüßte.

»Was machst du denn hier?«, sagte ich zu Tom, und vielleicht klang ich ein bisschen unfreundlicher, als ich wollte.

»Entpann dich, Ari«, sagte Teddy. »Diese Wohnung ist eine pazifistische Zone der Liebe. Wenn du Stress machen willst, musst du vor die Tür gehen.«

»Hey Lakritze«, sagte Tom und grinste. »Ich freu mich auch, dich zu sehen.«

»Whatever«, sagte ich und setzte mich auf einen der beiden Stühle, die Teddy besaß. Mich auf das Bett neben Tom zu setzen, kam nicht infrage.

»Fanni ist wieder da«, sagte ich zu Teddy. Es war mir egal, dass Tom es hörte, ich musste es einfach loswerden.

»What?!«, rief Teddy.

»Genau so hab ich auch reagiert«, sagte ich.

»Was heißt das, sie ist wieder da?«, fragte Teddy.

»Im Moment wohnt sie in einer Pension in der Stadt, aber sie will wieder herziehen. Die Frau ist so psycho.«

»Oha«, machte Teddy. »Und wie findest du das?«

»Keine Ahnung«, sagte ich und zuckte die Schultern. »Ich versteh nicht, was sie von uns will. Sie war so lange weg. Du hättest Bob mal sehen sollen. Der war so wütend.«

»Wer ist Fanni?«, fragte Tom.

»Ihre Mutter«, sagte Teddy, bevor ich antworten konnte.

»Die Frau, die mich geboren hat«, korrigierte ich.

»Und warum ist sie psycho?«, fragte Tom.

»Das weiß ich doch nicht«, sagte ich. »Sie spinnt einfach.«

»Da sind ein paar Schrauben locker hier oben«, sagte Teddy und tippte sich an die Stirn. »Richtig locker, verstehst du?!«

Ich gab ihm unter dem Tisch einen Fußtritt, aber er ignorierte es einfach.

»Einmal ist sie so ausgerastet, dass sie die Möbel von ihrem Boyfriend vom Balkon aus runter auf die Straße geworfen hat«, sagte Teddy und grinste.

»Das ist nicht witzig, Teddy«, sagte ich.

»Nee«, sagte Tom. »Das ist überhaupt nicht witzig. Vor allem nicht, dass du über deine eigene Mutter sagst, sie sei psycho.«

»Hä?«, sagte ich. »Aber sie ist psycho. Hast du nicht gehört, was Teddy gerade gesagt hat? Er hat das nicht erfunden oder so. Das ist wirklich passiert. Es hat eine halbe Stunde gedauert, bis die Polizei gekommen ist. Ein Sessel, den sie vom Balkon geworfen hat, hätte fast eine Frau mit einem Baby erschlagen. Der Sessel ist direkt vor dem Kinderwagen auf den Bürgersteig gekracht. Wäre die Frau nur zwei Sekunden früher aus dem Haus gegangen, hätte er sie und das Baby getroffen.«

»Es klingt eher so, als wäre deine Mutter psychisch krank«, sagte Tom.

»Meinetwegen«, sagte ich. »Psycho. Psychisch krank. Das ist dasselbe, oder nicht?«

»Nee«, sagte Tom. »Das eine ist eine Beleidigung, das andere ein Gesundheitszustand. Du regst dich doch immer auf, wenn Leute nicht korrekt reden.«

»Das stimmt allerdings«, sagte Teddy. »Als ich mal gesagt hab, pinke Schokolade wäre schwul, hast du mir fast die Freundschaft gekündigt.«

»Weil Leute, die *schwul* immer noch als Schimpfwort benutzen, das Letzte sind«, sagte ich. »Und weil Schokolade absolut nichts mit sexueller Orientierung zu tun hat.«

»Ich verstehe einfach nicht, warum Leute sowas erfinden«, sagte Teddy. »Schokolade wird aus Kakao gemacht. Wie kann sie dann pink sein?«

»Mann, es ist eine spezielle Kakaobohne«, sagte ich. »Das haben wir doch nachgeguckt.«

»Wenn deine Mutter psychisch krank ist, hat sie genug Probleme«, sagte Tom. »Es ist echt scheiße, wenn sie dafür dann auch noch von ihrer eigenen Tochter fertiggemacht wird.«

»Ja, okay«, sagte ich. »Danke für nichts. Aber du hast echt keine Ahnung von meiner Mutter.«

»Sie ist krank«, sagte Tom. »Kapierst du das nicht? Du könntest wenigstens anständig über sie sprechen.«

»Anständig?«, sagte ich. »Du willst mir was über Anstand erzählen? Du?«

»Ach, fick dich doch«, sagte Tom.

Er setzte sich an den Bettrand und zog seine Schuhe an, die auf dem Fußboden lagen.

»Was machst du denn jetzt?«, fragte Teddy.

»Nach was sieht's denn aus?«, sagte Tom. »Ich gehe.«

»Nee, Mann«, sagte Teddy. »Jetzt bleib da. Wir wollten doch die Tampa Finals gucken. Ich hab auch Schokolade. Richtig schöne Milchschokolade, genau wie sie sein muss.«

»Kein Bock mehr«, sagte Tom.

»Lass ihn doch«, sagte ich. »Reisende soll man nicht aufhalten.«

»Du bist echt irgendwie eine blöde Kuh, oder?«, sagte Tom zu mir. Dann stand er auf und ging. Er verabschiedete sich nicht mal, zog einfach die Wohnungstür hinter sich zu und war weg.

»Was war das denn?«, fragte Teddy.

»Keine Ahnung«, sagte ich. »Aber ich brauch jetzt ganz dringend was von dieser Milchschokolade. Das ist mir bisschen zu viel Drama für einen Tag heute.«

Teddy lachte und holte eine große Tafel Milchschokolade aus dem Schrank. Wir machten es uns auf seinem Bett gemütlich und fingen an, die Tampa Pro Finals zu gucken, die an diesem Tag in Florida ausgetragen wurden. Später kamen Lou und Yasin auch noch vorbei. Teddy und ich erzählten ihnen nicht, dass Tom da gewesen war und ich mich mit ihm gestritten hatte. Ich hatte absolut keine Lust, darüber zu reden. Warum Teddy nichts sagte, wusste ich nicht, aber ich war ihm dankbar, dass er es nicht tat. Ich sag ja, wenn es drauf ankommt, kann man sich auf ihn hundertprozentig verlassen.

TAG 8

An dem wir die Kaufland-Tiefgarage skaten, über Slutshaming reden und ich ein Versprechen halte, obwohl ich nicht müsste.

Am nächsten Tag regnete es immer noch. Yasin, Lou, Teddy und ich beschlossen, abends zum Skaten in die Tiefgarage von Kaufland zu gehen. Die Tiefgarage von Kaufland ist der beste Regenspot, den die Stadt zu bieten hat. Was allerdings nicht bedeutet, dass es ein guter Spot ist. Der Supermarkt ist bis 22 Uhr geöffnet, ständig fahren Autos rein und raus, und es gibt auch keine Stufen, Absätze oder Leisten, die wir hätten skaten können, keine Stairs, Ledges, Curbs, keine Rails, nichts. Es ist einfach nur ein Parkhaus, ein bisschen Asphaltfläche, die wir uns mit den Autofahrern teilen müssen. Immerhin fanden wir zwei kleine Gemüsekisten, die wir aufeinanderstapelten, um darüberzuspringen. Nach etwa einer halben Stunde zerlegte Teddy die Kisten allerdings, als er versuchte, einen Nollie Heelflip darüberzumachen.

»Ah, Teddy, was soll das? Den Trick hast du noch kein einziges Mal gestanden in deinem Leben«, sagte Lou und sammelte die Plastikteile der Kisten zusammen. »Jetzt hast du unser schönes Obstacle kaputt gemacht.«

»Mimimi«, machte Teddy und setzte sich an den Rand auf sein Skateboard. Dann zog er Gras und Tabak aus seiner Hosentasche und fing an, einen Joint zu drehen. Lou, Yasin und ich holten einen Einkaufswagen, kippten ihn um und legten ihn auf die Seite. Ganz darüberzuspringen schaffte nur Lou, aber eine Weile hatten wir Spaß daran, an der Kante des Einkaufswagens Nosetaps, 50-50s und solche Sachen zu machen. Irgendwann verloren wir aber auch die Lust und setzten uns neben Teddy.

»Ach, Leute«, sagte Yasin und nahm Teddy den Joint aus der Hand. »Habt ihr das nicht auch manchmal gesehen hier?«

»Was?«, fragte Lou.

»Das hier«, sagte Yasin und zeigte auf die Parkfläche, wo gerade eine Mutter ein schreiendes Kleinkind aus dem Einkaufswagen hob und ins Auto setzte. Ein etwa sechsjähriges Mädchen stand daneben und brüllte ebenfalls. Die Mutter kniff den Mund zusammen und schmiss ihre Einkäufe wütend in den Kofferraum.

»Ja«, sagte Teddy. »Kleine Kinder sind eine Plage.«

»Das mein ich doch nicht«, sagte Yasin. »Ich mein das alles hier. Dass wir in der Kaufland-Tiefgarage sitzen und über Gemüsekisten springen.«

»Na und?«, sagte Teddy. »Ist doch okay. Wenigstens machen wir was. Neulich hab ich den kleinen Bruder von Timmy mit einer Methpfeife gesehen. Der bei mir im Haus wohnt. Der ist 13 oder was.«

»Meth ist das Letzte«, sagte Lou. »Das würd ich nie nehmen.«

»Wollen wir nicht mal raus hier?«, fragte Yasin. »Irgendwohin fahren?«

»Doch eh«, sagte ich. »Aber wohin?«

»Berlin!«, rief Lou.

»Du und dein Berlin«, sagte Yasin.

»Berlin ist der Hammer«, sagte Lou.

»Ich wär sofort dabei«, sagte Teddy.

»Vergesst es«, sagte Yasin. »Viel zu teuer.«

»Wir könnten trampen«, sagte ich.

»Oder wir fragen Tom und Leyla, ob sie mitkommen«, sagte Teddy. »Leyla hat so viel Kohle, die merkt das gar nicht, wenn sie für uns mitbezahlt.«

»Spinnst du?«, sagte Yasin. »Ich fahr doch nicht mit Tom in die Ferien.«

»Ah, Junge«, sagte Teddy. »Weil er mit Leyla bumst? Komm drüber weg. Er ist nicht der Erste und wird nicht der Letzte sein.«

»Ey«, sagte Lou. »Sag nicht sowas über Leyla.«

»Was denn?«, sagte Teddy. »Stimmt doch. Weißt du, mit wie vielen Jungs die schon gepennt hat? Ich hab die Übersicht verloren.«

»Na und?«, sagte Lou. »Das geht dich doch nichts an. Wir leben in einem freien Land, und Leyla ist ein freier Mensch. Sie könnte jeden Abend mit einem anderen Typen ins Bett gehen, du hättest immer noch kein Recht, sie deswegen runterzumachen.«

»Slutshaming nennt man das«, sagte Yasin. »Hab ich mal irgendwo gelesen.«

»Slutshaming?«, wiederholte Teddy.

»Ja«, sagte ich. »Das hab ich auch schon mal gehört. *Slut* für Schlampe. *Shaming* für ... wie sagt man das auf Deutsch? Beschämung?«

»Schlampenbeschämung?«, sagte Teddy und lachte.

»Warum machst du solche Sprüche nicht über Fabian?«, fragte Lou. »Der hat schon fast jedes Mädchen in der Stadt flachgelegt. Aber das ist dann egal. Oder du feierst es sogar noch.«

»Ja«, sagte Yasin. »Warum machst du das?«

»Okay, Leute, easy«, sagte Teddy. »Ich hab's kapiert. Keine Sprüche über Leylas Sexualverhalten. Fabian, du alte Schlampe, ab jetzt bist du dran.«

»Das ist nicht lustig«, sagte Lou.

»Für Jungs gelten halt immer noch andere Regeln«, sagte ich. »Bei eigentlich allen Sachen, die mit Sex zu tun haben.«

»Na ja«, sagte Teddy. »Übertreib nicht.«

»Hallo?«, sagte ich. »Hast du zum Beispiel Angst, sexuell belästigt zu werden, wenn du nachts nach Hause läufst? Nein, oder?«

»Du hast Angst, dass dir einer an die Wäsche geht?«, fragte Teddy. »Du?«

»Ja«, sagte ich. »Auch schon mal gehabt, stell dir vor.«

»Ich glaub, davor musst du keine Angst haben«, sagte Teddy. »Du hast absolut keine sexuellen Vibes.«

»Ja, danke auch«, sagte ich.

»Wieso, das ist doch positiv«, sagte Teddy. »Wenn ein Mädchen wie Leyla nachts nach Hause stöckelt, mit ihren Hotpants und ihren Absätzen und ihren Haaren und der Parfümfahne, die in hundert Meter Entfernung noch zu riechen ist – so eine zieht das an. Aber Ari, glaub mir, so wie du aussiehst, bist du safe.«

»Wichser«, sagte ich.

Teddy lachte. »Immer gerne.«

»Also du findest, Leyla ist selbst schuld, wenn sie dumm angemacht wird?«, fragte Lou.

»Irgendwie schon, ja«, sagte Teddy. »So wie die sich anzieht, das reizt Männer halt.«

»Und du würdest dich im Recht fühlen, wenn du sie sexuell belästigen würdest?«, fragte Yasin.

»Oder sogar vergewaltigst?«, fragte Lou.

»Spinnt ihr?«, rief Teddy. »Ich würde sie doch nicht vergewaltigen. Und auch nicht sexuell belästigen. Habt ihr den Arsch offen, oder was? Ihr kennt mich. Meint ihr, ich mach sowas?«

»Siehst du«, sagte Lou. »Du machst zwar dumme Sprüche ohne Ende, aber im Grunde deines Herzens bist du eigentlich ein lieber Kerl.«

»Och«, sagte Teddy. »Das hast du jetzt aber schön gesagt, mein Schatz.«

»Du checkst es nicht, oder?«, sagte ich.

»Was?«, fragte Teddy.

»Männer, die eine Frau belästigen, sind einfach Arschlöcher«, sagte ich. »Das hat nichts damit zu tun, ob die Frau einen kurzen Rock anhat oder nicht.«

»Krass gesagt: Schuld an einer Vergewaltigung ist immer nur der Vergewaltiger und sonst niemand«, sagte Yasin.

»Okay«, sagte Teddy. »Das klingt korrekt.«

Einen Moment lang sagte niemand mehr etwas, was wirklich selten vorkommt in unserer Gruppe. Leise war das Rauschen des Regens zu hören und das Gedudel des Supermarktradios. Ein klappriges kleines Auto fuhr in die Tiefgarage, und ein Mann und eine Frau stiegen aus. Sie redeten über irgendwas und lachten laut. Der Mann legte seinen Arm um die Schultern der Frau, sie gaben sich im Laufen einen langen Kuss und stolperten dabei beinahe über ihre eigenen Füße.

»Ich glaub, Leyla und Tom trennen sich bald«, sagte ich und merkte erst als ich es ausgesprochen hatte, dass ich das tatsächlich laut gesagt hatte.

»Hä?«, machte Yasin. »Wieso meinst du?«

Ich zuckte die Schultern und blickte dem Mann und der Frau hinterher, die lachend im Treppenhaus Richtung Kaufland verschwanden. Natürlich hätte ich Yasin und den anderen gerne davon erzählt, wie Tom auf Leylas Party geweint und Leyla keine Lust gehabt hatte, sich um ihn zu kümmern. Und nach der Sache, die gestern bei Teddy passiert war, war ich Tom eigentlich auch nichts mehr schuldig. Er hatte mich eine blöde Kuh genannt, er konnte wohl kaum erwarten, dass ich mich danach noch an ein Versprechen hielt, das ich ihm gegeben hatte. Aber aus irgendeinem Grund sagte ich trotzdem nichts.

»Sag jetzt«, rief Yasin. »Wieso denkst du das?«

»Keine Ahnung«, sagte ich und zuckte noch einmal mit den Schultern. »Ist nur so ein Gefühl.«

»Ich glaub auch nicht, dass das lange hält«, sagte Teddy. »Und dann kannst du wieder da weitermachen, wo du aufgehört hast.« Er klopfte Yasin auf die Schulter. »Vergebliches Herumbaggern ohne jeglichen Erfolg. Herzlichen Glückwunsch.«

»Manchmal würde ich dir echt gern in die Fresse hauen«, sagte Yasin.

»Da bist du nicht alleine«, sagte Lou.

»Ich wär auch dabei«, sagte ich.

»Aber ihr macht es nicht«, sagte Teddy. »Weil auch ihr im Grunde eures Herzens liebe Kerle seid. Wie Lou so schön gesagt hat.«

»Darauf würde ich mich nicht verlassen«, sagte Yasin.

Teddy lachte, sprang auf sein Skateboard und fing an, durch die Tiefgarage zu cruisen. Wir fuhren ihm hinterher und jagten ihn, bis ein schwarzer SUV viel zu schnell die Einfahrt hinuntergeschossen kam und Teddy beinahe über den Haufen gefahren hätte. Der SUV-Fahrer stieg mit hochrotem Kopf aus dem Wagen, um uns anzuschreien, aber wir ließen ihn einfach stehen und rannten aus der Garage. Dann fuhren wir mit dem Bus zurück auf den Feuerberg. Es regnete immer noch, und das Bushaltestellenhäuschen war immer noch Schrott.

TAG 9

An dem ich Tom im Regen begegne und Dinge über ihn erfahre, die ich vielleicht gar nicht wissen will.

Als ich am nächsten Tag nach Feierabend durch die Stadt zur Bushaltestelle ging, um nach Hause zu fahren, begegnete ich Tom. Er lief auf der gegenüberliegenden Straßenseite unter einem Regenschirm (es regnete noch immer), und auf den ersten Blick war daran nichts Außergewöhnliches. Aber dann sah ich, dass er keine Schuhe trug. Er entdeckte mich und winkte mir zu. Dann überquerte er, ohne ein einziges Mal nach links oder rechts zu sehen, die Straße.

»Hey«, sagte er, als er vor mir stand. »Was machst du?«

»Ich hab gearbeitet«, antwortete ich. »Jetzt geh ich nach Hause. Was machst du?«

Tom stand vor mir und grinste mich an. Dass er mich am Sonntag bei Teddy eine blöde Kuh genannt hatte, schien er völlig vergessen zu haben.

»Ich geh spazieren«, sagte er. »Das siehst du doch.«

»Ist dir nicht kalt?«, fragte ich und zeigte auf seine nackten Füße.

»Lakritze, Lakritze«, sagte Tom und wackelte mit dem Zeigefinger. »Machst du dir etwa Sorgen um mich?«

»Äh, nein«, sagte ich. »Ich bin nur höflich. Und ich frage mich, warum du barfuß durch die Stadt läufst wie ein scheiß Hippie. Bist du betrunken, oder was?«

»Ich bin einfach berauscht von dieser Welt!«, rief Tom, so laut, dass ich mich umdrehte und mich nach den Leuten umguckte. »Zieh dir das doch mal rein. Wie es regnet. Es regnet, verstehst du? Es regnet.«

»Ja«, sagte ich. »Das hab ich schon gemerkt.«

»Aber hast du auch über den Vorgang nachgedacht?«, fragte Tom. »Nein, das hast du nicht. Du bist wie alle anderen Leute. Du denkst nur: Aha, es regnet, ich will schnell nach Hause und ins Trockene, ich will nichts mit diesem Regen zu tun haben. Aber der Regen, Lakritze, der Regen ist ein Wunder. Hoch oben über dieser Stadt sammeln sich Wolken, Berge von Wolken, die hängen da oben – allein das, wie kann das sein, wie kann Wasser in der Luft hängen? Warum platscht das nicht alles auf einmal auf uns runter? Wieso kommt das in einzelnen Tropfen? Kannst du mir das erklären?«

Tom stand, den Kopf in den Nacken gelegt, neben mir und sah nach oben in den Himmel, der Schirm hing über seiner Schulter, der Regen fiel ihm direkt ins Gesicht. Ich sah ihm eine Weile dabei zu, dann sagte ich: »Ich glaub, ich bring dich jetzt mal nach Hause.«

»Wieso?«, fragte Tom. »Ich will noch spazieren, ich hab doch gerade erst damit angefangen.«

»Wir spazieren zu dir nach Hause, okay?«

Tom überlegte einen Moment. Dann sagte er: »Okay«, und hakte sich bei mir unter. Ich ließ es zu, obwohl ich das eigentlich überhaupt nicht leiden kann. Aber Tom war so neben der Spur, dass ich befürchtete, er würde davonlaufen, wenn ich ihn losließ. Von den anderen wusste ich, dass Tom mit seiner Mutter in den Häusern neben dem Bahnübergang wohnte, und ich steuerte ihn quer durch die Stadt in diese Richtung. Wo genau er wohnte, würde ich dann schon noch aus ihm herauskriegen.

Wie er so neben mir lief, konnte ich seine Fahne riechen, er hatte eindeutig getrunken, und das nicht zu knapp. Ich finde betrunkene Leute ekelhaft. Wenn sie richtig betrunken sind, meine ich. Und Tom *war* richtig betrunken. Er war total blau, um genau zu sein. Immer wieder schwankte er und hatte Mühe, das Gleichgewicht zu halten. Warum hatte er sich so dermaßen abgeschossen? An einem Dienstagabend? Ganz alleine? Vielleicht, dachte ich plötzlich, hatte er sich von Leyla getrennt. Nach der Sache, die auf der Party passiert war, hätte mich das jedenfalls nicht gewundert.

»Was macht denn Leyla heute Abend?«, fragte ich Tom.

»Das weiß ich doch nicht«, sagte Tom.

»Wieso weißt du das nicht?«

»Keine Ahnung«, sagte Tom. »Ich weiß es einfach nicht.«

»Weiß man sowas nicht, wenn man zusammen ist?«

»Dude«, rief Tom, »was willst du denn von mir?«

»Es war einfach nur eine Frage.«

»Es war einfach nur eine Frage«, äffte Tom mich nach. »Frag ich dich solche Sachen? Frag ich dich, was deine *psycho* Mutter heute Abend macht? Nein, oder? Also halt die Fresse.«

»Halt selber die Fresse.«

Ich hatte Lust, Tom einfach stehen zu lassen und nach Hause zu gehen. Aber ich tat es nicht. Tom in diesem Zustand sich selbst zu überlassen brachte ich nicht fertig. Vielleicht hat Bob mir ein paar von seinen Helfer-Genen vererbt, keine Ahnung.

Wir überquerten den Bahnübergang, und ich zeigte auf die Häuserreihe, die sich neben den Schienen entlangzog.

»Wo genau wohnst du?«, fragte ich.

»Da«, sagte Tom und zeigte auf das zweite Haus in der Reihe. Aber als wir vor der Tür standen, sagte er: »Ach nee, doch nicht.«

Wir liefen noch ein Haus weiter, dann zog Tom seinen Schlüssel aus der Tasche und versuchte, ihn in das Schloss zu stecken. Ich guckte ihm kurz dabei zu, aber als Tom den Schlüssel fallen ließ, hob ich ihn auf und schloss die Türe selbst auf. Es war ein Mehrfamilienhaus, etwa in den 1950er-Jahren gebaut. Das Treppenhaus war schummrig, es roch nach Bratenfett und ein bisschen nach Schimmel, hinter einer Tür im Erdgeschoss lief ohrenbetäubend laut ein italienischer Schlagersong. Als wir in den dritten Stock hinaufgestiegen waren, blieb Tom stehen und lehnte sich an den Rahmen einer Wohnungstür.

»Hier?«, fragte ich.

Tom nickte.

»Ist jemand zu Hause?«

»Keine Ahnung«, sagte Tom und zuckte die Schultern. »Wir werden sehen.«

Er drückte auf die Klingel. Ich hörte, wie es im Wohnungsflur schellte, dann näherten sich Schritte, und im nächsten Moment wurde die Türe geöffnet. Eine hübsche großgewachsene Frau mit schwarzen, geglätteten Haaren stand vor uns, in der Hand ein Geschirrtuch und um die Hüfte eine Schürze gebunden. Sie guckte erst mich an, dann Tom, der noch immer am Türrahmen lehnte und mittlerweile seine Augen geschlossen hatte, dann sah sie wieder zu mir. Ich hob die Hände in die Luft, um zu signalisieren, dass ich nicht schuld an Toms Zustand war. Toms Mutter schnaubte verärgert, dann zog sie Tom in die Wohnung und schob ihn in ein Zimmer rechts vom Gang. Ich blieb vor der Türe stehen und fühlte mich ein bisschen wie bestellt und nicht abgeholt, aber gerade als ich gehen wollte, kam Toms Mutter zurück und bedeutete mir einzutreten. Sie tat es wortlos und nur mit einem Kopfnicken, aber doch so bestimmt, dass ich ihr einfach folgen musste. Ich lief ihr hinterher durch den Gang in die Küche. Man merkte, dass Tom und seine Mutter noch nicht lange in der Wohnung lebten, im Gang gab es noch kein Licht, und beinahe wäre ich über einen leeren Umzugskarton gestolpert, der dort herumstand. Mir fiel auf, dass Tom und seine Mutter kaum Möbel hatten. In der Küche gab es nur einen kleinen Tisch mit zwei Stühlen, einen Herd und ein Spülbecken. Das Geschirr stapelte sich neben der Tür auf dem Boden. Toms Mutter setzte sich an den Tisch und stützte ihr Gesicht in die Hände. Ich blieb im Türrahmen der Küche stehen und wartete darauf, dass sie etwas sagte. Aber sie saß einfach da und schwieg. Nach einer Weile kam ich mir ziemlich blöd vor.

»Also«, sagte ich. »Ich wollte ihn eigentlich nur nach Hause bringen. Ich würd jetzt dann auch wieder gehen, ja?«

Toms Mutter antwortete nicht, aber ich sah, dass ihre Schultern anfingen zu zucken. Sie weinte. *Na toll*, dachte ich. Sich jetzt einfach umzudrehen und wegzulaufen wäre ungefähr so asozial gewesen wie eine Fahrerflucht nach einem Autounfall.

»Jetzt geht das schon wieder los«, sagte Toms Mutter leise. »Ich hab so gehofft, dass es besser wird, wenn wir umziehen.«

Ich wusste nicht, wovon sie redete, darum sagte ich erstmal einfach gar nichts, sondern setzte mich vorsichtig zu ihr an den Tisch. Toms Mutter schnäuzte in das Geschirrtuch, das sie in der Hand hielt. Dann sah sie auf und lächelte mich an.

»Ich hab gedacht, hier ist es ruhig, hier hat er keine Erinnerungen, hier können wir nochmal neu anfangen.«

»Hm«, sagte ich und zuckte die Schultern. Ich hatte immer noch keine Ahnung, wovon sie sprach.

»Seit zwei Jahren geht das jetzt so«, sagte sie. »Am Anfang hab ich es verstanden. Er war traurig, er hat seinen Vater verloren, ich konnte das verstehen. Ich wollte auch schreien und mich betrinken und wütend sein. Ich habe nie was gesagt. Ich habe verstanden, dass er nach der zehnten Klasse keine Lust mehr auf Schule hatte. Realschulabschluss reicht ja auch, hab ich gedacht. Jetzt macht er eine Pause, hab ich gedacht, hat ein bisschen Zeit zum Trauern, dann kommt er schon wieder in die Spur. Aber seit zwei Jahren macht er einfach nichts, gar nichts. Er fährt nur Skateboard.«

»Das ist nicht gar nichts«, sagte ich. »Er wird ja immerhin auch gesponsert.«

»Na ja«, machte Toms Mutter. »Und was hat er davon? Skateboardsachen, ein paar kostenlose Pullover, Energydrinks. Glaubst du, davon kann man leben? Wie soll das gehen? Wird er sich bis ans Ende seines Lebens jedes Mal besaufen, wenn er nicht skaten kann? Wird er für immer bei mir wohnen? Wann wird er das nächste Mal ausrasten? Kurz vor unserem Umzug hat er ein Auto kaputt gemacht. Er war betrunken, das Auto stand auf einem Parkplatz, es war Nacht, ich weiß nicht, was er sich dabei gedacht hat. Er hat einfach sein Skateboard genommen und auf das Auto eingedroschen. Glaubst du, das übernimmt irgendeine Versicherung? Ich werd für den Rest meines Lebens die Schulden abzahlen, so sieht es aus.«

»Hm«, machte ich nur. Ich wusste nicht, was ich zu all dem sagen sollte. Plötzlich stutzte ich über etwas. Hatte Tom nicht gesagt, der Tod seines Vaters wäre erst vor ein paar Monaten gewesen?

»Wann genau ist sein Vater nochmal gestorben?«, fragte ich.

»Im Mai werden es zwei Jahre«, sagte Toms Mutter.

»Aha«, sagte ich verwirrt.

Warum hatte Tom uns etwas anderes erzählt? Das war ja wohl kaum etwas, das man vergessen oder durcheinanderbringen konnte.

»Ich glaube, Tom gibt sich die Schuld«, sagte Toms Mutter. »Das ist das Problem.«

»Wieso?«, fragte ich. »War er dabei?«

»Wie, dabei?«, fragte Toms Mutter und sah mich an.

»Bei dem Unfall?«

»Sein Vater ist nicht bei einem Unfall gestorben«, sagte Toms Mutter. »Er hat sich das Leben genommen.«

»Oh«, sagte ich nur. »Das hab ich nicht … tut mir leid.«

»Tom hat ihn gefunden«, sagte Toms Mutter. »Es war schlimm.«

»Was war schlimm?«, hörten wir Toms Stimme hinter uns. Er lehnte im Rahmen der Küchentür und sah ziemlich fertig aus.

»Redet ihr über mich?«, fragte er. »Ihr sollt nicht über mich reden. Ich will das nicht.«

»Ja«, sagte ich. »Ich muss jetzt auch langsam mal gehen.«

Ich stand auf und nickte Toms Mutter zu. »Hat mich gefreut, Sie kennenzulernen.«

»Ja«, sagte sie. »Mich hat es auch gefreut, Leyla. Ehrlich gesagt hat Tom noch nie eine Freundin gehabt, die mir sympathisch war. Aber du kannst jederzeit vorbeikommen, wann immer du willst, ja?«

»Äh«, sagte ich, aber dann überlegte ich es mir anders. Ich weiß nicht, warum ich es nicht richtigstellte. Ich weiß es wirklich nicht.

»Okay«, sagte ich nur. »Vielen Dank.«

Dann lief ich an Tom vorbei, ohne ihn noch einmal anzusehen, und zog die Wohnungstür hinter mir zu.

TAG 10

An dem Tom mir Lakritze schenkt, ich über Sex nachdenke und mir schlecht wird.

Am Mittwoch hörte es auf zu regnen, aber die Straßen waren nass, und da kein Wind ging, würden sie wohl an diesem Tag nicht mehr trocknen. Yasin, Teddy und Lou wollten wieder in der Kaufland-Tiefgarage skaten, aber mir war nicht danach und ich blieb zu Hause. Bob war noch im Laden, ich saß in meinem Zimmer und lernte für eine Prüfung, die ich ein paar Tage später in der Berufsschule schreiben würde, als es an der Tür klingelte. Ich legte den Stift aus der Hand und sah zur Wohnungstür. *Fanni*, war mein erster Gedanke. Seit ihrem letzten Besuch hatte ich nicht mehr mit ihr gesprochen. Ein paar Mal hatte sie auf unserem Festnetz angerufen, aber es war immer Bob gewesen, der abgenommen hatte, und er hatte jedes Mal sofort wieder aufgelegt.

Es klingelte ein zweites Mal. Ich überlegte, ob ich so tun sollte, als wäre ich nicht zu Hause. Dann ging ich aber doch zur Wohnungstür.

»Hallo?«, sagte ich vorsichtig in die Gegensprechanlage.

»Hey, Ari«, antwortete eine Jungenstimme. »Ich bin's. Tom.«

»Tom?«

»Ja.«

»Äh«, sagte ich. »Okay?«

»Lässt du mich rein?«

»Elfter Stock.«

Ich summte Tom ins Haus und wartete in der Wohnungstür, bis er mit dem Lift nach oben gefahren war. Er lächelte fast sofort, als die Lifttür sich öffnete, und verdammt, obwohl ich das nicht wollte, lächelte ich schon wieder zurück, es war einfach ein Reflex.

»Puh«, sagte Tom, und das Lächeln auf seinem Gesicht verwandelte sich in ein erleichtertes Grinsen. »Ich hab gedacht, du bist total sauer auf mich.«

»Nee«, sagte ich und zuckte die Schultern.

»Entschuldigungs-Lakritze?«, fragte Tom und streckte mir eine Tüte Lakritze entgegen, die er hinter seinem Rücken verborgen hatte.

»Pff«, machte ich. Aber die Tüte nahm ich trotzdem.

»Ich war wohl ziemlich betrunken gestern, was?«, sagte Tom.

»Betrunken ist noch freundlich ausgedrückt«, sagte ich. »Du warst hackedicht.«

»Ja«, sagte Tom. »Tut mir leid.«

»Wieso hast du dich denn so abgeschossen?«

»Weiß nicht. Mir war langweilig.«

Ich guckte ihn an, wie er da stand, mit seinen Stylo-Klamotten, die weiten Hosen, die Bauchtasche, die Mütze, das hübsche Gesicht, das immer einen leicht arroganten Ausdruck hatte – es war so einfach, ihn nicht zu mögen, wenn man nichts über ihn wusste. Aber nun wusste ich eben Dinge über ihn. Und außerdem war er auf den Feuerberg gekommen, um sich bei mir zu entschuldigen. Er musste irgendjemanden, wahrscheinlich Teddy, nach meiner Adresse gefragt haben, und dann war er hierhergekommen. Mit einer Tüte Lakritze. Sowas macht nicht jeder. Die meisten Leute, die ich kenne, würden sowas ehrlich gesagt nicht machen.

»Willst du reinkommen und bisschen Playstation zocken?«, fragte ich.

»Okay.«

Ich öffnete die Wohnungstür und trat einen Schritt beiseite, um Tom reinzulassen. Er streifte seine Schuhe ab und folgte mir in mein Zimmer.

»Eigentlich bin ich mit Leyla verabredet«, sagte er, als er sich auf mein Bett setzte.

»Aha?«, sagte ich.

Ich hatte keine Ahnung, was ich mit dieser Information anfangen sollte. Tom nahm mir einen der beiden Controller aus der Hand, die ich von meinem Regal genommen hatte.

»Aber eine Runde liegt drin«, sagte er. »Was spielen wir?«

Ich startete Tony Hawk's ProSkater, ein Spiel, in dem ich so gut wie unschlagbar bin.

»Bist du sicher?«, sagte Tom. »Ich bin ziemlich gut in diesem Spiel.«

»Ich auch«, sagte ich.

»Okay then«, sagte Tom. »Be ready to lose.«

»Be selber ready«, gab ich zurück.

Wir wählten unsere Characters, und dann fingen wir an zu zocken. Tom, das stellte sich schon in der ersten Runde heraus, beherrschte das Spiel tatsächlich fast so gut wie ich. Ich musste mich ziemlich konzentrieren, was ich normalerweise nie tun muss, wenn ich gegen Teddy, Yasin oder Lou spiele. Aber am Ende war ich doch ein bisschen besser als Tom.

»Nochmal«, sagte er, nachdem er die erste Runde verloren hatte.

»Bist du sicher?«, sagte ich und grinste. »Ich bin ziemlich gut in diesem Spiel.«

»Haha«, sagte Tom. »Los jetzt.«

Auch die zweite Runde ging knapp, aber doch eindeutig an mich. Tom stampfte ein paar Mal mit dem Fuß auf den Boden.

»Das gibt's doch gar nicht!«, rief er. »Du hast einfach Glück.«

»Zweimal hintereinander?«, fragte ich.

»Jetzt mach ich dich fertig. Pass auf.«

Wir spielten eine dritte Runde, und wieder verlor Tom.

»Fuck!«, rief er und warf den Controller neben sich auf das Bett. »Ich geb auf.«

»Echt jetzt?«

»Du hast mich dreimal rasiert. Ich weiß, wann es vorbei ist.« Er guckte mich an und zog die Augenbrauen hoch. »Ich hab immer gedacht, die Person, die mich in diesem Spiel schlägt, muss erst noch geboren werden.«

»Tja«, sagte ich. »Wie es aussieht, gibt es sie schon.«

»Ja«, sagte Tom.

Für einen Moment sagte niemand von uns beiden etwas, und es gab diese kurze Pause, diese wirklich millikurze Pause, die nur ein paar Sekunden zu lang ist, die aber trotzdem die Situation verschiebt, sodass du plötzlich nicht mehr genau weißt, was du als Nächstes tun oder sagen sollst.

»Außerdem musst du ja eh los, oder?«, sagte ich und legte die Controller zurück ins Regal. »Zu Leyla, mein ich.«

»Zu Leyla«, sagte Tom. »Genau. Sie wartet bestimmt schon.«

»Eben.«

»Ja«, sagte Tom und guckte auf sein Handy. »Sie hat auch schon dreimal geschrieben. Ich sollte wirklich los.«

Er stand auf und ging in den Flur, um seine Schuhe anzuziehen. Ich sah ihm dabei zu, und plötzlich, so seltsam das auch klingt, merkte ich, dass ich gar nicht wollte, dass er ging. Aber damit konnte ich in diesem Moment natürlich nicht mehr kommen, immerhin hatte ich ihn ja quasi rausgeschmissen.

»War ganz cool«, sagte Tom, bevor er die Wohnungstür öffnete. »Können wir mal wieder machen.«

»Wenn du vorher bisschen trainierst.«

»Okay.« Tom lachte. »Das mach ich.«

»Danke für die Lakritze«, sagte ich.

»Easy«, sagte Tom. »Wir sehen uns.«

Ich machte die Wohnungstür hinter ihm zu und ging zurück in mein Zimmer. Ich setzte mich an den Schreibtisch, um weiter zu lernen. Aber ich konnte mich überhaupt nicht mehr konzentrieren. Ich musste ständig an Tom denken. Irgendwie hatte ich das Gefühl, dass er nicht auf den Feuerberg gekommen war, um mir eine Tüte Lakritze zu schenken. Vielleicht hatte er reden wollen, über gestern und vielleicht auch darüber, dass ich Bescheid wusste über seinen Vater. Aber das war ja nichts, das du einfach so nebenbei mal besprichst, während du damit beschäftigt bist, die richtigen Tastenkombinationen auf einem Playstationcontroller zu drücken. Hätte ich nachhaken sollen? War es das, was ich hätte tun sollen? Anstatt ein sinnloses Computerspiel mit ihm zu zocken? Redete Tom mit Leyla über diese Dinge? So wie sie sich in dieser Situation auf ihrer Party verhalten hatte, glaubte ich eher nicht daran. Aber immerhin waren die beiden noch zusammen. Vielleicht lagen sie genau jetzt zusammen auf ihrem Bett und er schüttete ihr sein Herz aus und weinte, und sie weinte vielleicht ein bisschen mit und streichelte ihn und dann küssten sie sich und fingen an, sich auszuziehen. Ich versuchte, diese Vorstellung aus meinem Kopf zu vertreiben, aber es klappte nicht. Immer wieder sah ich vor mir, wie Leyla und Tom zusammen im Bett lagen, wie sie nackt waren, wie sie sich küssten und anfassten.

Natürlich hatte ich auch schon einmal darüber nachgedacht, wie es war, mit jemandem zu schlafen. Wenn du mit Teddy befreundet bist, musst du zwangsläufig ab und zu darüber nachdenken. Teddy redet so viel über Sex und Porno, dass ich manchmal glaube, in seinem Hirn sieht es aus wie auf einer dieser Internetseiten, die du zum Beispiel besuchst, wenn du gratis einen Film streamen willst, und dann ploppen gleichzeitig ungefähr 123 kleine Fenster auf, in denen nackte Frauen dir ihre Ärsche entgegenstrecken oder ihre Brüste, und darunter stehen Sätze wie: *Geile Luder aus deiner Nachbarschaft warten auf dich!* Ich weiß nicht, wie Teddy das fände, wenn tatsächlich mal so ein geiles Luder aus der Nachbarschaft vor ihm stehen würde, ehrlich gesagt denke ich, er würde vor Schreck die Tür sofort wieder zumachen und sich unter seiner Bettdecke verstecken. Davon abgesehen glaube ich gar nicht an die Existenz von geilen Ludern aus der Nachbarschaft. Ich glaube, diese Frauen in den Pop-up-Fenstern ziehen sich für Geld aus, und im besten Fall tun sie das, weil sie finden, dass das eine einfache Art ist, Geld zu verdienen. Vielleicht werden sie aber auch dazu gezwungen, weil irgendein Zuhälterarsch ihren Pass eingezogen hat und sie in einer Wohnung einsperrt, wo sie jahrelang vor sich hinvegetieren wie Tiere, die nichts wert sind. Mir wird jedenfalls immer schlecht, und ich klicke diese Fenster sofort wieder weg. Ich kann auch echt nicht verstehen, warum manche Leute sowas erregend finden. Ich meine, nichts gegen Masturbation. Masturbation ist eine der besten Sachen überhaupt. Ich bin Königin in Masturbation, einmal am Tag, mindestens. Aber wenn du dich anfasst und dein Körper macht diese ganzen Sachen, schwillt an, der Puls, das ganze Kribbeln, die Spannung, die sich aufbaut und aufbaut und aufbaut, bis du fast durchdrehst, und dann – *BOOM!* – endlich alles loslässt – das ist so gut und so golden, dafür brauchst du doch eigentlich nichts anderes. Außer vielleicht einen anderen Menschen. Kann schon sein, dass diese Sachen mit einem anderen Menschen sogar noch besser sind als alleine. Aber das weiß ich nicht, ich habe es ja noch nicht ausprobiert.

Leyla und Tom, die hätten das wahrscheinlich beantworten können. Vielleicht taten sie es genau jetzt. Während ich mit meinem Gemeinschaftskundebuch am Schreibtisch saß und mich mit den wichtigsten Punkten des Nordatlantikvertrags beschäftigte, die mir in diesem Moment so unwichtig vorkamen wie nur sonst was. Irgendwann legte ich mich auf mein Bett und fing an, die Lakritze zu essen, die Tom mir geschenkt hatte. Ich aß die ganze Tüte auf, und dann war mir schlecht.

TAG 11

An dem es endlich nicht mehr regnet, Yasin Steine in den Fluss wirft und wir beschließen, ins Freibad einzubrechen.

Am Donnerstagabend waren wir endlich wieder alle im Park. Das Erste, das ich sah, als ich ankam, waren Leyla und Tom, die oben auf der Miniramp saßen und knutschten. Mein Herz rutschte drei Zentimeter nach unten und machte ein paar seltsame Bewegungen, aber ich ignorierte es und fing einfach an zu skaten. Irgendwann bemerkte ich, dass Yasin ein bisschen abseits am Flussufer saß und Steine ins Wasser warf.

»Was ist denn mit dem los?«, sagte ich zu Lou.

»Kannst du dir das nicht denken?«, antwortete Lou und nickte in Richtung Miniramp.

»Wegen Leyla?«

Lou zuckte die Schultern. »Warum denn sonst?«

»Ich geh mal zu ihm«, sagte ich.

»Viel Glück dabei«, sagte Lou. »Ich hab's auch schon versucht. Mit mir hat er nicht geredet.«

Ich ließ mein Skateboard bei unseren Rucksäcken und lief über den Grasstreifen hinüber zum Flussufer. Yasin hörte mich kommen und drehte sich zu mir um, allerdings nur um gleich wieder wegzugucken.

»Hey«, sagte ich und setzte mich neben ihn. »Was ist los?«

Yasin antwortete nicht. Er nahm einen Stein und warf ihn in hohem Bogen ins Wasser.

»Du musst es mir gar nicht sagen«, sagte ich. »Es ist wegen Leyla, ich weiß es sowieso.«

Yasin nahm einen neuen Stein und schleuderte ihn auf den Fluss hinaus.

»Wir wissen es alle«, sagte ich. »Schon lange.«

Plumps, ein weiterer Stein flog ins Wasser.

»Und soll ich dir was sagen? Wir denken alle, dass sie nichts für dich ist.«

Plumps.

»Du bist so ein cooler Typ, Yasin. Es gibt da draußen ganz bestimmt ein Mädchen, die das checkt. Eine, der du nicht hinterherrennen musst.«

Plumps.

»Sondern die dir entgegenrennt. Mit offenen Armen.«

Plumps.

»Leyla hat dich gar nicht verdient.«

Plumps.

»Vergiss sie doch einfach. Mach endlich einen Punkt.«

»Tss«, machte Yasin. Immerhin eine Art von Antwort. Ich schwieg und wartete, während Yasin ein paar Steine hintereinander auf den Fluss hinaus schleuderte. Ich kannte das schon von ihm. Manchmal braucht er einfach ein bisschen Zeit, bis er sagt, was los ist. Um ehrlich zu sein, wir sind alle nicht besonders gut darin, über unsere Gefühle zu reden. Bei Teddy zum Beispiel könnte man den Eindruck kriegen, dass die Emoji-Auswahl auf seinem Smartphone ihm vollkommen dazu ausreichen würde, sich auszudrücken. Und Lou wirkt wie jemand, dessen Gefühle permanent nur am Strand rumliegen und die Sonne genießen. Aber weder ist Teddy so einfältig, wie manche Leute denken, noch ist Lou immer gut drauf. Das kapierst du aber erst, wenn du sie ein bisschen besser kennst. Yasin sieht man es meistens an, wenn es ihm nicht gut geht. Aber auch bei ihm ist es nicht so, dass er sein Herz auf der Zunge herumträgt, wie man so sagt. Du musst schon ziemlich viel Geduld haben, bis er anfängt, mit dir darüber zu reden.

»Einen Punkt machen«, sagte Yasin, nachdem wir eine Weile schweigend nebeneinandergesessen hatten und er endlich genug Steine in den Fluss geworfen hatte. »Glaubst du, das ist so einfach? Als würde ich einen Aufsatz schreiben, oder was? Punkt machen, Heft zuklappen, fertig?«

»Nee«, sagte ich. »So einfach geht das sicher nicht. Aber du könntest es ja zumindest mal versuchen.«

»Glaubst du, das versuche ich nicht schon die ganze Zeit?«, sagte Yasin. »Jeden Morgen, wenn ich aufstehe, ist Leyla der erste Gedanke, den ich habe. Und ich weiß, wie dumm das ist. *Hör auf damit, Yasin,* sag ich mir. *Sie will nichts von dir, vergiss sie, hör auf an sie zu denken.* Aber ich kann nicht, sie kommt ständig in meinen Kopf. Es nervt, und ich will das nicht, aber ich kann nichts dagegen machen. Liebe ist der größte Scheiß, den es gibt. Echt, ich sag's dir. Du kannst froh sein, dass du dich nie verliebst. Das braucht keiner.«

Ich musste lachen. »Das ist vielleicht bisschen radikal, oder? Es ist doch bestimmt auch schön, wenn man verliebt ist.«

»Nee«, sagte Yasin. »Ich hab keinen Bock mehr auf diese Gefühle, es nervt nur noch.«

Ich nahm einen großen Stein und hielt ihn Yasin hin.

»Schmeiß sie in den Fluss«, sagte ich. »Oder zumindest einen Teil davon.«

Yasin guckte mich an und lächelte. Dann stand er auf und warf den Stein so weit hinaus, wie er konnte.

»Das hat gutgetan«, sagte er, als er sich wieder hinsetzte. »Dass ich endlich mal mit dir darüber geredet hab, mein ich.«

»Ja«, sagte ich und legte ihm den Arm um die Schulter.

»Ey, was wird das?«, sagte da eine Stimme hinter uns. »Gruppenkuscheln ohne uns, oder was?«

»Mann, Teddy«, sagte ich. »Schleich dich doch nicht immer so an.«

»Haben wir was verpasst?«, fragte Teddy und setzte sich zusammen mit Lou neben uns ins Gras.

»Nee«, sagte ich. »Wir haben nur paar Steine in den Fluss geworfen.«

»Aha«, sagte Teddy. »Das ist ja spannend.«

»Können wir dieses Wochenende bitte irgendwas machen?«, fragte Yasin.

»Wie, irgendwas machen?«, sagte Teddy. »Wir machen doch immer irgendwas.«

»Irgendwas Aufregendes«, sagte Yasin. »Irgendwas, das wir sonst nie machen. Wir machen immer das Gleiche.«

»Berlin!«, rief Lou. »Hab ich ja gesagt.«

»Unrealistisch«, sagte Yasin.

»Ich wüsste was, das wir hier machen könnten«, sagte ich und grinste. »Etwas, das wir noch nie gemacht haben. Etwas richtig krass Aufregendes.«

»Vergiss es«, sagte Teddy. »Ich weiß genau, an was du denkst.«

»Hä?«, sagte Yasin. »An was denn?«

»An was wohl?«, rief Teddy. »Wovon redet Ari seit Jahren, und wir sagen jedes Mal, nee sorry Ari, vergiss es, wir sind nicht lebensmüde?«

»Ah«, machte Lou. »Nee sorry Ari, vergiss es, wir sind nicht lebensmüde.«

In diesem Moment kam Tom zu uns herüber. Er hatte sich von Leyla losgemacht und war von der Miniramp geklettert, um uns zu begrüßen.

»Hey«, sagte er und gab uns der Reihe nach die Hand. Um seinen Mund herum hatte Leylas Lippenstift rote Spuren hinterlassen. Das sah so bescheuert aus, dass wir lachen mussten.

»Mach dich mal sauber«, sagte Teddy und hielt Tom eine Packung Taschentücher hin. »Du hast die halbe Leyla noch im Gesicht.«

»Oh.« Tom grinste und zog ein Taschentuch heraus. Er spuckte darauf, und während er sich über den Mund fuhr, fragte er: »Und? Was läuft bei euch so?«

»Ari will den Feuersteig runterfahren«, sagte Teddy.

»Okay«, sagte Tom. »Bin ich dabei.«

»Weißt du überhaupt, was der Feuersteig ist?«, fragte Lou.

»Nehme an, die Straße, die in eure Siedlung führt?«, sagte Tom. »Ein Downhill eben.«

»Das ist kein Downhill«, sagte Teddy. »Das ist eine direkte Abfahrt auf den Friedhof. Die Kurven sind so steil, und da fahren so viele Autos, das ist einfach nur dumm. Ich mach fast alles mit, aber das nicht. Paar Jahre will ich schon noch leben.«

»Und wieso willst du dann da runterfahren?«, fragte Tom und guckte mich an.

»Keine Ahnung«, sagte ich und zuckte die Schultern. »War nur so eine Idee.«

»Yasin hat Midlife-Crisis«, sagte Teddy. »Er will dieses Wochenende was *Aufregendes* erleben.«

»Ja, danke auch«, zischte Yasin.

»Bist du nicht bisschen zu jung für Midlife-Crisis?«, sagte Tom zu Yasin.

»Vergiss es einfach«, sagte Yasin.

Er stand auf und wollte in den Park gehen, aber Tom fasste ihn an der Schulter und hielt ihn zurück.

»Warte doch mal«, sagte Tom. »Vielleicht hab ich eine Idee. Es gibt doch hier ein Freibad, oder?«

»Sicher«, sagte Lou. »Aber das macht erst im Mai auf.«

»Eben«, sagte Tom. »Wir könnten da einbrechen. Morgen Nacht oder so.«

»Ja«, rief Teddy und sprang auf. »Das ist es! Das machen wir!«

»Was machen wir?«, fragte Leyla, die in diesem Moment hinter Tom trat und ihre Arme um seine Hüfte schlang. Ihm war das sichtlich unangenehm, er machte sich von ihr los und tat so, als müsste er sich die Nase putzen.

»Wir, äh, wir haben überlegt, morgen ins Freibad einzubrechen«, antwortete er.

»OMG! Ins Freibad einbrechen?«, rief Leyla. »Wirklich?«

»Äh, ja?«, sagte Tom

»OMG, wie geil!«, kreischte Leyla. »OMG! Ich muss gucken, ob mir mein Bikini noch passt! OMG! Ich muss den Mädels Bescheid geben!«

Wir guckten ihr nach, wie sie zu ihren Freundinnen rannte, um ihnen von unserem Plan zu erzählen. Niemand von uns hatte Lust, den Freitagabend mit Leyla und ihren Freundinnen zu verbringen. Vor allem nicht, weil der eigentliche Sinn der Unternehmung ja sein sollte, Yasin aufzuheitern. Und dass seine Laune sich nicht bessern würde, wenn er den ganzen Abend dabei zusehen musste, wie Leyla im Bikini um Tom herumschwirrte, lag auf der Hand.

»Ist im Freibad überhaupt schon Wasser?«, fragte ich, während ich hinüber zu Leyla sah, die bei ihren Freundinnen stand und aufgeregt mit den Händen fuchtelte.

»Ich glaub, die lassen das Wasser im Winter immer in den Becken«, sagte Teddy. »Es sind halt Algen drin und wahrscheinlich auch Frostschutzmittel. Aber wenn Leyla und ihre Freundinnen baden gehen wollen, dann sollen sie ruhig baden gehen.«

Tom lachte, und das fand ich ziemlich bescheuert. Dass wir Leyla nicht leiden konnten, war die eine Sache. Aber dass Tom sie nicht verteidigte, das war eine andere Sache. Immerhin war Leyla seine Freundin. Seine Freundin sollte man verteidigen, wenn andere Leute sich über sie lustig machten, oder nicht? Wenn Leyla ihm peinlich war, warum war er dann überhaupt mit ihr zusammen? Ich guckte Tom an, kurz erwiderte er meinen Blick, aber dann sah er verlegen zur Seite, und im nächsten

Moment drehte er sich um, lief zurück in den Park und fing an zu skaten.

»Genau so hab ich mir das vorgestellt«, sagte Yasin. »Das wird bestimmt super morgen Abend.«

»Wir können auch was anderes machen«, sagte Lou. »PS zocken bei Ari, oder ihr kommt zu mir, meine Mutter schläft morgen bei ihrer Freundin.«

»Nee«, sagte Yasin. »Ist schon okay. Ich muss mich wohl irgendwann dran gewöhnen.«

»Heißt das, du gibst es endlich offiziell zu?«, sagte Teddy.

»Was?«, fragte Yasin.

»Dass du auf Leyla stehst?«

Yasin zuckte mit den Schultern. »Ari hat gesagt, ihr habt es eh gemerkt.«

»Mein Sohn«, sagte Teddy und legte Yasin eine Hand auf die Schulter. »Dieser Moment wird in die Geschichte eingehen. Ich bin stolz auf deinen Mut zur Ehrlichkeit.«

»Ach, fick dich doch, Teddy.«

Yasin nahm sein Skateboard und ging in den Park. Er pushte viel zu schnell auf eine Curb zu und versuchte einen Noseslide, wobei ihm das Board nach vorne wegrutschte und er ziemlich unsanft auf dem Asphalt landete.

»Hoffnungslos, der Junge«, sagte Teddy und schüttelte den Kopf. »Einfach hoffnungslos.«

TAG 12

An dem Tom und ich auf dem Sprungturm liegen, Teddy verhaftet wird und ich mir etwas eingestehe.

In das Freibad einzubrechen war denkbar einfach. An einer Seite des Kassenhäuschens waren ein paar Paletten aufeinandergestapelt, da stiegen wir drauf, kletterten über den Zaun und waren drin. Außer Leyla und ihren Freundinnen war noch eine ganze Reihe anderer Leute mitgekommen, wir waren bestimmt 20 Leute. Es war nur eine Frage der Zeit, bis irgendjemand auf uns aufmerksam wurde und die Bullen rief. Das Freibad liegt zwar nicht in einem Wohngebiet, aber trotzdem. 20 betrunkene Teenager würden wahrscheinlich nicht mal in der Wüste Sahara lange unbemerkt bleiben. Betrunkene Teenager haben ein unfehlbares Radarsignal. Wenn du nicht verloren gehen willst, nimm einfach ein paar betrunkene Teenager mit. Dann fällst du überall auf.

Am Anfang benahmen sich alle noch einigermaßen anständig. Leise kletterten wir über den Zaun und huschten über den Rasen zu den Sprungtürmen beim großen Becken. Es war tatsächlich Wasser in den Becken, und wie Teddy gesagt hatte, schwammen auch ein paar Algen darin. Aber das hielt die meisten Leute nicht ab. Auch Teddy zog sich sofort aus und sprang ins Becken. Obwohl er ein paar Stunden vorher noch behauptet hatte, das wäre nicht möglich. Was absolut typisch ist für Teddy. Er tut immer so, als wüsste er über alle Dinge dieser Welt Bescheid, die Wortkombination *Das-weiß-ich-nicht* hat Teddy wahrscheinlich noch kein einziges Mal in seinem Leben benutzt. Immerhin ändert er seine Meinung, sobald er einsieht, dass er falsch gelegen hat. Allerdings behauptet er dann meistens, er hätte eigentlich von Anfang an gewusst, was Sache ist. Teddy ist schon echt pain in the brain manchmal.

Darüber dachte ich nach, während ich oben auf dem Fünfmeterturm saß und Teddy und die anderen beobachtete. Ich hatte an diesem Morgen meine Tage bekommen und keine Lust, mich auszuziehen. Man kann das bescheuert finden. Aber wenn ich meine Tage habe, will ich am liebsten fünf Schichten Kleider anhaben, unter denen ich mich vergraben kann. In Unterwäsche in ein Schwimmbecken voller Algen und Frostschutzmittel zu hüpfen ist ziemlich weit entfernt von diesem Bedürfnis, und deswegen war ich gleich von Anfang an auf den Sprungturm geklettert. Von dort konnte ich das Geschehen bestens überblicken und musste nicht die ganze Zeit erklären, warum ich nicht mitmachte.

Das Wasser war immer noch sehr kalt, und die Leute brüllten vor Schmerz, sobald sie hineingesprungen waren. Nach maximal drei Schwimmzügen kletterten sie wieder heraus, rannten ein bisschen über die Wiese, um sich aufzuwärmen, tranken Bier und dann sprangen sie nochmal ins Wasser. Leyla und ihre Freundinnen standen im Bikini neben der Einstiegsleiter, hielten ab und zu einen Zeh ins Becken und kreischten, wenn einer der Jungs vom Becken aus einen Schwall Wasser in ihre Richtung schickte. Die Einzige von den Mädchen, die ins Wasser sprang, war die Freundin von Milad. Sie hieß Mathilda, wurde aber von allen nur Mats genannt, und schien ziemlich cool drauf zu sein. Ich hatte mich noch nie wirklich mit ihr unterhalten, aber sowas merke ich sofort. Yasin hat schon recht, wenn er sagt, dass ich Leute schnell beurteile. Ich kann das nicht ändern. Ich mache das einfach. Und weil ich so gut wie immer richtig liege, weiß ich auch nicht, was genau so schlimm daran ist.

»Hey«, sagte jemand hinter mir. »Gehst du gar nicht schwimmen?«

Ich drehte mich um und sah Tom, der auf der Leiter stand und mich angrinste. Mein Herz schlug ein bisschen schneller, aber ich ließ mir nichts anmerken.

»Nee«, sagte ich. »Keine Lust.«

Ich fragte mich, ob er gewusst hatte, dass ich auf dem Fünfmeterturm saß, oder ob es ein Zufall war, dass wir uns hier oben trafen. Jedenfalls machte er keine Anstalten, wieder hinunterzuklettern, sondern stieg die letzten Sprossen der Leiter hoch und kam übertrieben langsam auf mich zu.

»Puh«, sagte er, nachdem er sich vorsichtig neben mir niedergelassen hatte. »Ganz schön hoch.«

»Richtig gute Idee, mit Höhenangst auf einen Fünfmeterturm zu klettern«, sagte ich.

»Was für Höhenangst?«, sagte Tom. »Ich hab keine Höhenangst. Ich hab nie Angst.«

»Hm«, machte ich. »Genau.«

Tom lachte. Eine Weile sahen wir schweigend hinunter zu den anderen, die mittlerweile angefangen hatten, einen Fußball über die Wiese zu kicken. Der Ball war wahrscheinlich in der vergangenen Saison liegen geblieben, er war so platt, dass er keinen Meter weit rollte.

»Leyla vermisst dich bestimmt schon«, sagte ich irgendwann. »Willst du nicht lieber wieder runtergehen?«

Tom guckte mich an und schüttelte den Kopf. »Ach, Lakritze.«

»Ich heiße nicht Lakritze.«

»Wie heißt du dann? Ari? Das ist der Name, der in deinem Ausweis steht?«

»Es ist auf jeden Fall mein Name.«

»Aber es ist nicht der Name, der in deinem Ausweis steht. Stimmt's?«

»Geht dich nichts an.«

Tom grinste. »Komm schon. Sag's mir.«

»Nein.«

»Okay«, sagte Tom. »Wir machen ein Spiel. Wahrheit gegen Wahrheit. Ich erzähl dir was von mir, du erzählst mir was von dir.«

»Vergiss es.«

Tom lachte leise und dann stand er auf. Ich dachte schon, er würde wieder nach unten klettern, aber er beugte sich nur über das Geländer und spuckte nach unten.

»Ehrlich gesagt, ich bin hier hochgekommen, um mich vor Leyla zu verstecken«, sagte er dann.

»Wieso?«, fragte ich. »Nervt sie dich?«

»Nee«, sagte Tom. »Erst bist du dran. Wahrheit gegen Wahrheit.«

»Ich hab gesagt, ich mach nicht mit.«

Tom lachte und wollte etwas erwidern, aber im nächsten Augenblick hörten wir, wie unten auf der Wiese jemand *DIE BULLEN!* brüllte.

»Runter«, zischte ich Tom zu und legte mich flach auf den Sprungturm. Tom legte sich neben mich und vorsichtig spähten wir über den Rand nach unten. Tatsächlich war am Haupteingang das blaue Blinken eines Polizeilichts zu sehen. Durch ein Megafon war die Stimme einer Polizeibeamtin zu hören, die irgendwas von *Ruhe bewahren* sagte, aber es hörte niemand zu. Die Leute auf der Wiese schnappten ihre Klamotten und ihre Skateboards und rannten so schnell sie konnten Richtung Zaun. Teddy konnte sich anscheinend nicht mehr daran erinnern, wo er sich ausgezogen hatte, er rannte laut fluchend und ziemlich konfus zwischen Wiese und Becken hin und her, bis er sich schließlich dazu entschied, ohne seine Klamotten die Flucht anzutreten. In Unterhose rannte er den anderen hinterher, aber noch bevor er den Zaun erreichte, kamen eine Polizistin und ein Polizist durch den Haupteingang gerannt und schnitten ihm den Weg ab. Teddy versuchte noch, einen Haken zu schlagen, aber nach einer sinnlosen Runde um das Kleinkinderbecken sah er ein, dass er keine Chance hatte. Neben der Babyrutsche blieb er stehen, in seinen Unterhosen, die Arme hoch in die Luft gestreckt, und wenn ich es richtig verstand, dann rief er sogar: *Nicht schießen, bitte!* Es war auf jeden Fall filmreif, Tom und ich mussten beide lachen. Der Polizist legte ihm Handschellen an und führte Teddy Richtung Ausgang. Die Polizistin rannte den anderen hinterher, und kurz darauf kam auch sie zurück, mit Leyla und einer Freundin im Schlepptau. Allerdings ohne Handschellen. Die anderen schienen es über den Zaun geschafft zu haben. Ob sie davonkommen würden, war fraglich. So wie es aussah, war die Polizeistreife nur zu zweit gewesen. Aber sie hatten mit Sicherheit Verstärkung angefordert, als sie gesehen hatten, was los war. Ich hab es ja gesagt. Mit betrunkenen Teenagern kommt man nicht weit.

»Wir sollten sicherheitshalber noch ein bisschen hier oben bleiben«, flüsterte ich Tom zu. »Die kommen bestimmt nochmal zurück, und ich hab echt keine Lust auf eine Anzeige.«

»Ja«, flüsterte Tom. »Ich auch nicht.«

Wir schoben uns leise ein bisschen weg vom Rand, um von unten nicht sichtbar zu sein. Schulter an Schulter lagen wir nebeneinander und lauschten angespannt. Der Turm war nur etwas mehr als einen Meter breit, es ließ sich nicht vermeiden, dass wir uns berührten. Aber wir sahen geradeaus nach vorne und guckten uns nicht an. Sonst wäre es richtig seltsam gewesen.

»Meinst du, Leyla ist jetzt sauer auf mich?«, flüsterte Tom.

»Aber garantiert«, flüsterte ich zurück.

»So sauer, dass sie mit mir Schluss macht?«

»Keine Ahnung. Vielleicht.«

»Das wär gut.«

»Willst du nicht mehr mit ihr zusammen sein?«

»Nee, irgendwie nicht. Aber ich trau mich nicht, ihr das zu sagen.«

»Ernst jetzt? Du traust dich nicht?«

»Ich mag das nicht, wenn ich Leute verletze.«

»Wieso hast du überhaupt was mit ihr angefangen?«

»Keine Ahnung.«

»Also *das* solltest du ihr auf keinen Fall sagen. Das ist richtig verletzend.«

Tom seufzte und knibbelte mit den Fingern am Farbanstrich des Sprungturms herum. Die Farbe war alt und ließ sich in großen Stücken abziehen.

»Ich hab gedacht, es hilft mir«, sagte Tom und schnipste einen Farbfetzen ins Wasser. »Wegen meinem Vater, weißt du. Ich hab gedacht, vielleicht hab ich einfach eine gute Zeit mit ihr, und ich bin endlich mal wieder ein bisschen glücklicher. Aber es funktioniert nicht.«

Ich überlegte, ob ich ihm sagen sollte, dass ich wusste, wie sein Vater gestorben war, aber dann ließ ich es bleiben.

»Fanni hat letztens was ganz Ähnliches über ihre Beziehung gesagt«, sagte ich stattdessen. »Sie hat den Mann sogar geheiratet, weil sie gedacht hat, es würde ihr helfen.«

»Deine *psycho* Mutter?«, sagte Tom, wobei er das *psycho* mit seinen Fingern in Anführungszeichen setzte.

»Ich hab nachgedacht über das, was du gesagt hast«, sagte ich. »Du hast recht, ich sollte nicht so über sie reden.«

»Ja«, sagte Tom. »Aber du hast auch recht, wenn du sagst, dass ich keine Ahnung von deiner Mutter habe. Wahrscheinlich redest du nicht ohne Grund so über sie.«

»Es ist halt nicht einfach mit ihr«, sagte ich und drehte mich auf den Rücken. »Es war nie einfach, und es wird wahrscheinlich nie einfach sein.«

»Hm«, machte Tom.

Auch er drehte sich auf den Rücken, und für einen Moment lagen wir einfach so da und sahen in den Himmel. Es war ganz still, nur leise war das Wasser zu hören, das fünf Meter unter uns im Sprungbecken schwappte. Der Himmel war klar, die Sterne sahen aus wie kleine leuchtende Reiskörner, die jemand mit beiden Händen in die Nacht gesät hatte.

»Ich weiß nicht mal, ob ich wütend auf Fanni bin«, sagte ich. »Ich weiß überhaupt nicht so richtig, was ich über sie denke. Eine Weile hab ich gedacht, sie ist mir egal. Aber ich glaube, das stimmt nicht.«

Ich habe keine Ahnung, warum ich das sagte. Warum ich überhaupt mit Tom darüber redete. Irgendwie passierte es einfach.

»Ich weiß, was du meinst«, sagte Tom. »Ich hab auch lange gedacht, dass mein Vater mir egal ist. Vielleicht denkt man das eben, vielleicht passiert das automatisch, wenn Eltern ... wie hast du gesagt? Wenn es nicht einfach ist mit ihnen.«

»Manchmal denke ich, es kann nicht sein, dass Fanni das alles nicht mit Absicht macht«, sagte ich. »Bob hat so viel mit mir darüber geredet, aber ich glaube, ich verstehe es immer noch nicht. Oder vielleicht verstehe ich es jetzt ein bisschen, aber als Kind habe ich es nicht verstanden, und das geht einfach nicht weg. Irgendwie bleibt das. Ich kann das nicht so gut erklären.«

»Als Kind ist einem scheißegal, warum sie nicht da sind«, sagte Tom. »Man merkt einfach, dass sie nicht da sind.«

»Ja«, sagte ich nur.

Ich dachte daran, wie Fanni – ich muss in der dritten oder vierten Klasse gewesen sein – von Bob wieder einen Schlüssel zu unserer Wohnung bekommen hatte. Fast meine komplette Grundschulzeit lang hatte ich die freien Nachmittage bei Bob im Laden verbracht, aber ab einem gewissen Zeitpunkt wurde mir das zu öde. Ich war, fand ich, alt genug, um alleine zu Hause zu sein. Bob fand das jedoch nicht, und da ich wie gesagt damals keine Freund*innen hatte, zu denen ich hätte gehen können, bat er Fanni um Hilfe. Was er sich dabei überlegt hat, weiß ich nicht, er muss wirklich verzweifelt gewesen sein.

Am Anfang war sie jeden Tag da, wenn ich von der Schule nach Hause kam. Sie konnte überhaupt nicht kochen, aber das war nicht schlimm. Wir aßen Kartoffelchips und Frischkäse zu Mittag und spielten *Mensch ärgere dich nicht* dabei. Nachmittags lagen wir auf meinem Bett und guckten Cartoons. Einmal schnitt sie mir die Haare, sie dachte, mir würde ein Pony stehen. Danach sah ich aus, als hätte mich ein Rasenmäher überfahren. Fanni wollte, dass ich ihr zur Strafe ebenfalls einen Pony schnitt. Ich sagte, das würde ich auf keinen Fall machen. Fanni war so schön, ich wollte sie nicht verunstalten. Aber sie bestand darauf. Also nahm ich die Haarschneideschere und schnitt ihr einen Pony. Danach standen wir lange vor dem Spiegel und lachten uns kaputt.

Irgendwann hatte sie aber keine Lust mehr, den ganzen Nachmittag mit mir zu Hause zu sitzen. Sie sagte, sie müsste kurz ein paar Besorgungen machen und verschwand für eine oder zwei Stunden, manchmal auch für drei oder vier. Damit ich nicht verloren ging, schloss sie mich in der Wohnung ein. Ich lag alleine auf meinem Bett und guckte Cartoons, aber als Fanni einmal den ganzen Nachmittag nicht zurückkam, fing ich an, mich zu langweilen, und rief Bob im Laden an. Bob wurde so wütend, wie ich ihn noch nie zuvor erlebt hatte. Er nahm Fanni den Wohnungsschlüssel wieder ab, gab ihn stattdessen mir und erlaubte mir von da an, alleine zu Hause zu bleiben, wenn ich ihn nach dem Mittagessen im Laden anrief und versicherte, dass ich die Herdplatten ausgeschaltet, mir keine Finger abgeschnitten und die Wohnung nicht unter Wasser gesetzt hatte. Und kurze Zeit später schenkte er mir dann mein erstes Skateboard.

»Immerhin«, sagte ich zu Tom, »habe ich es irgendwie Fanni zu verdanken, dass ich überhaupt mit dem Skaten angefangen habe.«

»Nee«, sagte Tom. »Du musst das anders formulieren. Das eine hat dich zum anderen geführt. Es geht ineinander über, es gehört zusammen. Es gibt keine Anfänge.«

»Wie meinst du das?«

Tom drehte sich auf die Seite, stützte den Kopf in seine Hand und erklärte mir seine Theorie mit den nicht vorhandenen Anfängen, dass nichts aus nichts kommt und dass alle Dinge, die passieren, nur passieren, weil vorher andere Dinge passiert sind.

»Aber man versteht es immer erst hinterher«, sagte er. »Es ist nicht so, dass man voraussagen kann, was passieren wird. Erst hinterher wird es logisch.«

»Also ist es eine Art Ausrede?«

»Wieso Ausrede?«

»Weil es dann ja egal ist, was du tust. Du kannst immer sagen, es ist so gekommen, weil andere Sachen passiert sind, ich hab keine Verantwortung dafür.«

»Hm«, machte Tom. »Darüber muss ich nachdenken. Vielleicht ist da was dran. Vielleicht ist es ein bisschen eine Ausrede.«

»Aber vielleicht hast du auch recht«, sagte ich. »Zum Beispiel bei Fanni, da kann man sich auch fragen, wo hat das angefangen? Als sie so alt war wie ich, war sie das schönste Mädchen in der ganzen Siedlung. Und das verrückteste. Alle sind ihr nachgerannt. Bob sagt, es gab eine Zeit, da war eine Party nur dann gut, wenn Fanni dabei war. Bis es irgendwann gekippt ist. Aber wo hat das angefangen? Sowas passiert ja nicht von einem auf den anderen Tag. Bis wann ist man noch lustig und vielleicht einfach ein bisschen mutiger als andere? Und ab wann ist man krank? Wo ist der Rand? Fällt man einfach irgendwann runter, und merkt man das oder sagen einem das die anderen?«

»Keine Ahnung«, sagte Tom. »Aber ich glaube, man wird auch krank, wenn man versucht, immer möglichst weit weg vom Rand zu bleiben. Wenn du dich immer anpasst, nicht auffallen willst, dich nie was traust.«

»Ja«, sagte ich. »Das stimmt auch wieder.«

Einen Moment lang schwiegen wir wieder und sahen hinauf in den Himmel. Ich spürte Toms Schulter an meiner Schulter. Wir hätten längst von diesem Sprungturm klettern können, die Polizei schien nicht zurückzukommen. Aber wir blieben einfach liegen.

»Vielleicht ist das beste Leben kurz vor dem Rand«, sagte ich. »Nicht zu weit weg, aber auch nicht drüber. Einfach kurz davor.«

»Du meinst so?«, fragte Tom. Er drehte sich auf den Bauch, schob sich in Richtung der Sprungturmkante und sah nach unten ins Becken. »Am Abgrund chillen und ab und zu nach unten gucken?«

»Ja«, sagte ich. »Genau das.«

»Und wenn ich runterfalle?«, sagte Tom und schob sich noch ein bisschen weiter über die Kante hinaus. »Was ist, wenn ich runterfalle?«

»Ich glaube, dann merkst du das«, sagte ich trocken. »Ansonsten sag ich's dir.«

Tom lachte und legte sich wieder neben mich. »Mit sowas kann man dich nicht beeindrucken, was?«

»Nee«, sagte ich.

»Kann man dich überhaupt mit irgendwas beeindrucken? Oder bist du immer so cool?«

»Ich bin immer so cool.«

»Ja«, sagte Tom. »Das hab ich mir gedacht.«

Ich lachte.

»Sagst du mir jetzt endlich mal, wie du richtig heißt?«

»Vergiss es«, sagte ich.

»Dann nenn ich dich eben weiterhin Lakritze.«

»Ich schubs dich gleich wirklich runter. Und zwar nicht auf der Seite, wo das Wasser ist.«

»Ja, aber die Polizei kommt jeden Moment zurück und dann wirst du wegen Totanschlag verhaftet.«

»*Totanschlag*. Genau.«

»Mordanschlag, mein ich. Totschlag. Whatever. Aber Ari?«

»Was?«

»Ich glaube, du wärst sehr traurig, wenn du das machen würdest.«

»Aha, glaubst du das?«

»Du tust nur so, als ob du mich nicht leiden kannst. In Wirklichkeit magst du mich.«

Tom drehte seinen Kopf zur Seite und sah mich an. Ich drehte meinen Kopf ebenfalls und erwiderte seinen Blick.

»Du bist ganz schön eingebildet«, sagte ich.

»Aber ich hab recht«, sagte er. »Oder?«

»Pff«, machte ich. »Auf sowas antworte ich gar nicht erst.«

»Du kannst es ruhig zugeben«, sagte Tom. »Ich mag dich auch.«

»Ich hab gedacht, du findest, ich bin eine blöde Kuh?«

»Nee«, sagte Tom. »Das war scheiße, dass ich das gesagt hab. Ich finde überhaupt nicht, dass du eine blöde Kuh bist. Im Gegenteil. Ich hab dich von Anfang an gemocht. Wirklich, das stimmt.«

Unsere Gesichter waren so nah beieinander, dass ich seinen Atem spüren konnte. Es war ziemlich seltsam, und mein Herz schlug viel zu schnell in meiner Brust. *Ruhig Blut, kleine Nixe. Leyla, denk an Leyla. Er ist mit Leyla zusammen. Er war mit seiner Zunge in Leylas Mund.*

»Ich werde dich jetzt nicht küssen«, sagte ich. »Das kannst du vergessen.«

Habe ich das tatsächlich laut gesagt? O mein Gott, ich glaube, ich habe das wirklich laut gesagt.

»Hä?«, machte Tom. »Das weiß ich doch. Du stehst nicht auf Jungs. Das hat Teddy mir gesagt.«

»Ja«, sagte ich. »Eben. Genau.«

Was ist denn mit diesem verdammten Herz los? Beruhig dich mal, Herz. Es ist alles in Ordnung. Er hat nichts gemerkt, er hat gar nichts gemerkt. Ruhig, Herz, ganz ruhig.

»Ich fände das schön, wenn wir Freunde sein könnten«, hörte ich Tom sagen. »Meinst du, das kriegen wir hin?«

»Von mir aus«, sagte ich.

Tom grinste. »He, das war grad ein richtiger Antrag. Sowas hab ich noch nie gemacht. Wie Heiraten für Freunde. Und du hast angenommen.«

»Junge, ich hab gesagt *von mir aus.*«

»Egal«, sagte Tom. »Das zählt. Du bist jetzt mit mir befreundet, bis dass der Tod uns scheidet.«

»Du hast ja wohl ein Rad ab.«

»Nein, Ari, echt, ich freu mich. Ich nenn dich auch nicht mehr Lakritze, versprochen.«

Er schien sich wirklich zu freuen. Und was blieb mir da anderes übrig? Als er seine Arme nach mir ausstreckte, da umarmte ich ihn eben. Wie Freunde das so tun. Wie ich das auch mit Yasin, Lou und Teddy mache, wenn sie Geburtstag haben oder so. Aber eins kann ich sagen, Tom zu umarmen war etwas komplett anderes als Yasin, Lou oder Teddy zu umarmen. Und scheiße, ja, das war der Moment, in dem ich wusste, dass es tatsächlich so war. Es war das Letzte, das Allerletzte auf der Welt, das ich wollte. Aber ich hatte mich in Tom verknallt. So sah es aus.

***

Irgendwann, als wir gerade gehen wollten, kam die Polizei dann doch nochmal zurück. Es waren drei oder vier Leute, sie hatten

Taschenlampen dabei, aber besonders gründlich waren sie nicht, sie rechneten wahrscheinlich gar nicht damit, dass noch irgendjemand da war. Nachdem sie ein paar Mal über die Wiese geleuchtet hatten, fuhren sie wieder ab. Wir warteten noch eine Viertelstunde und dann kletterten wir die Leiter des Sprungturms nach unten. In meinen Fingern war beinahe kein Gefühl mehr, so kalt war mir, und meine Nerven lagen vollkommen blank. Einen Moment lang befürchtete ich, die Polizei hätte mein Board mitgenommen, das ich neben dem Sprungturm ins Gebüsch geschmissen hatte, aber das war zum Glück nicht der Fall.

»Da bist du ja«, sagte ich und küsste mein Skateboard. »Das hätte mir jetzt echt den Rest gegeben.«

»Meins ist weg«, sagte Tom und zeigte auf die Wiese neben dem Sprungbecken, wo er und die anderen ihre Sachen hingeschmissen hatten. Die zweite Polizeistreife hatte alles eingesackt, was liegen geblieben war.

»Ja«, sagte ich. »Du bist aber auch gesponsert und hast noch ungefähr 300 neue Setups zu Hause. Ich muss mir jedes Board selbst kaufen.«

»Dass du noch keinen Sponsor hast, wundert mich eh«, sagte Tom, während wir Richtung Ausgang liefen. »Du machst einfach zu wenig auf Social Media.«

»Kann sein«, sagte ich und fing an, über den Zaun zu klettern. Die Polizei war nicht mehr zu sehen und auch sonst kein Mensch. Ich sprang auf der anderen Seite des Zauns auf den Asphalt, dann holte ich mein Handy aus der Tasche, um eine Nachricht an die anderen zu schreiben.

»Nein, Ernst«, sagte Tom. »Wir filmen dich mal ein bisschen und schneiden was Ordentliches zusammen. Wie wär das?«

»Von mir aus.«

»Wir könnten das dieses Wochenende machen. Ich hab nichts vor.«

»Natürlich hast du was vor«, sagte ich und steckte mein Handy wieder in die Hosentasche. »Du musst dich um deine Freundin kümmern. Sie ist von der Polizei verhaftet worden, falls du das schon wieder vergessen hast.«

Tom stöhnte. »Erinner mich nicht daran.«

»Wenn du nicht mehr mit ihr zusammen sein willst, dann musst du mit ihr reden«, sagte ich. »Das ist sonst einfach nicht fair.«

»Kannst du das nicht machen? So von Frau zu Frau?«

»Aber sonst ist alles klar bei euch, ja? Warum wollt ihr ständig, dass ich eure Angelegenheiten regle? Bin ich eure Paartherapeutin, oder was?«

Tom lachte. »Wieso nicht? Vielleicht ist das deine heimliche Berufung?«

»Genau«, sagte ich und tippte mir an die Stirn.

Mein Handy piepste, und fast im gleichen Moment fing Toms Handy an zu klingeln.

»Die anderen sind bei Milad«, sagte ich nach einem Blick auf mein Display.

»Ah«, sagte Tom und nickte, sein klingelndes Handy in der Hand. »Na, dann gehen wir auch da hin, oder?«

»Warum gehst du nicht ran?«, fragte ich.

»Es ist Leyla.«

»Feigling.«

»Ich weiß«, sagte Tom und steckte sein Telefon wieder ein. »Ich mach das morgen. Morgen rede ich mit ihr und mach Schluss. Versprochen.«

»Mir musst du gar nichts versprechen. Mir ist das doch scheißegal.«

Natürlich war das gelogen. Es war mir alles andere als scheißegal. Aber das musste Tom ja nicht wissen.

***

»Wo kommt ihr denn jetzt her?«, rief Yasin, als Tom und ich bei Milad zu Hause ankamen. »Wo wart ihr die ganze Zeit?«

»Auf dem Fünfmeterturm«, sagte Tom.

»Auf dem Fünfmeterturm?«, fragte Yasin. »Ihr wart die ganze Zeit auf dem Fünfmeterturm? Nur ihr beide?«

»Ja«, sagte Tom. »Und?«

»Wenn es nicht Ari wäre, dann würd ich euch jetzt fragen, was ihr da oben gemacht habt.«

»Es ist aber Ari«, sagte Tom. »Und ihr ist ziemlich kalt. Ein warmer Tee wär gut.«

»Okay, Tom«, sagte ich. »Ich kann schon für mich selbst reden.«

Mats, die Freundin von Milad, lächelte und klopfte neben sich auf das Sofa. Neben ihr saßen Milad, Yasin und Lou. Die anderen (Fussel, Patrick, Fabian, Veton, Jason, Daniel, Kevin und wie sie alle hießen) saßen auf Stühlen oder auf dem Boden. Der Raum, in dem wir uns befanden, war offensichtlich das Büro der Autowerkstatt, die Milads Eltern führten. Es roch nach Gummi und Benzin, an der Wand hingen Graffiti-Sketches, die Milad gemacht hatte. Er konnte extrem gut zeichnen, er hatte von der Stadtverwaltung sogar den Auftrag bekommen, ein Graffiti an die Hauswand des Asylwohnheims zu malen. Ich setzte mich auf das Sofa und nahm den Tee entgegen, den Mats mir reichte.

»Danke«, sagte ich und schloss meine Finger um die wohltuende Wärme der Tasse.

»Habt ihr was von Teddy gehört?«, fragte Tom.

»Hat Leyla dich nicht erreicht?«, fragte Fabian zurück.

»Nee, keine Ahnung«, sagte Tom, ohne mich anzugucken. »Wieso?«

»Sie hat vorhin bei mir angerufen«, sagte Fabian. »Sie und ihre Freundin sind schon auf dem Heimweg. Teddy ist noch bei den Bullen. Aber das wird schon. Gibt eine Anzeige wegen Hausfriedensbruch, vielleicht paar Sozialstunden, das war's. Er kommt bestimmt später noch vorbei, wenn er raus ist.«

»Wieso sind die Mädchen schon auf dem Heimweg und Teddy muss noch bei den Bullen bleiben?«, fragte Jason.

»Weil es Mädchen sind«, sagte Fabian. »Darum.«

»Ey, Milad«, sagte Fussel, der auf dem Boden saß und sich eine Zigarette drehte. »Kann man hier irgendwo rauchen?«

»Im Hinterhof«, sagte Milad. »Ich zeig's dir.«

»Ich komm mit«, sagte Tom, und auch andere standen auf. Plötzlich waren nur noch Mats, Patrick und ich in dem Zimmer. Patrick, ein schüchterner Junge, der jünger ist als wir anderen, war das sichtlich unangenehm. Er zupfte ein bisschen an seinem Pullover herum. Dann stand er auf und ging aufs Klo. Mats lachte leise.

»Ich heiße übrigens Ari«, sagte ich zu ihr.

»Weiß ich doch«, sagte Mats. »Dich kennen glaub ich alle in der Stadt. Und wenn sie deinen Namen nicht kennen, dann haben sie dich zumindest schon mal gesehen.«

»Ist das so?«, fragte ich.

»Ja, sicher«, sagte sie. »Du bist VIP in dieser Stadt. Shredder-Ari vom Feuerberg.«

Ich lachte und trank einen Schluck Tee.

»Ich glaub, ich fang auch an zu skaten«, sagte Mats.

»Find ich gut.«

»Ich meine, Milad will eh immer in den Park, und ich sitze ganz bestimmt nicht mit Leyla am Rand und gucke euch zu.«

»Ja«, sagte ich. »Das wär auch so ziemlich das Letzte, worauf ich Lust hätte.«

Sie grinste. »Du magst Leyla nicht, was?«

»Nicht mögen ist vielleicht noch nett ausgedrückt«, sagte ich.

»Warum eigentlich nicht?«

»Weiß nicht«, sagte ich. »Ich find sie einfach ätzend. Die Schminke, die Klamotten, das ganze Getue. Ist einfach nicht mein Style.«

»Aber eigentlich könnte es dir ja egal sein«, sagte Mats. »Sie kann sich ja anziehen, wie sie will. Oder nicht?«

»Doch«, sagte ich. »Eigentlich schon. Keine Ahnung.«

»Meine Mutter sagt immer, egal was, Mädchen müssen zusammenhalten«, sagte Mats. »Sie hat einen Aufkleber auf ihrem Auto, auf dem steht: *There's a special place in hell for women who don't support other women.*« Mats lachte. »Aber ich versteh dich schon. Leyla ist auch nicht gerade mein Fall.«

»Sie nervt einfach«, sagte ich.

»Mir tut sie eher leid«, sagte Mats. »Aber das ist auch nicht viel besser.«

»Wieso tut Leyla dir leid?«

»Weil sie total in Tom verknallt ist, und er verarscht sie nur.«

»Ach was«, sagte ich und dachte an die Sache, die auf Leylas Party passiert war. »Die ist nicht wirklich in ihn verknallt.«

»Doch«, sagte Mats. »Vorhin im Schwimmbad hab ich gehört, wie sie mit ihren Freundinnen darüber geredet hat. Sie ist total fertig, weil Tom sich scheinbar kaum bei ihr meldet und so.«

»Hm«, machte ich. Ich versuchte, nicht zu zeigen, wie sehr ich mich darüber freute, aber Mats merkte es trotzdem.

»He«, sagte sie. »Das ist nicht lustig.«

»Hast recht«, sagte ich. »Das ist nicht lustig.«

»Wenn du in jemanden verliebt bist und der andere erwidert das nicht –«, sagte sie, »das ist so schlimm, oder nicht?«

»Hm«, machte ich.

»Und richtig schlimm ist es, wenn er dann auch noch mit dir spielt.«

»Kann sein.«

»Dir passiert sowas wahrscheinlich einfach nicht«, sagte Mats und lachte. »Du bist Shredder-Ari vom Feuerberg. Dich verarscht man nicht.«

»Hahaha«, machte ich und war froh, dass Milad in diesem Moment zurückkam und sich neben Mats auf das Sofa setzte.

»O Mann«, sagte er. »Im Hinterhof läuft gerade ein Rülpswettbewerb. Jungs können echt so primitiv sein manchmal.«

»Mädchen auch«, sagte Mats.

»Ach was«, sagte Milad. »Das ist biologisch unmöglich.«

Mats hob zur Antwort ihre Pobacken ein bisschen nach oben und dann furzte sie ziemlich laut in das Sofa. Milad und ich mussten darüber so lachen, dass wir beinahe keine Luft mehr bekamen.

»Ach, Mats«, sagte Milad und zog seine Freundin an sich, um ihr einen Kuss in die Haare zu geben. Es sah so vertraut und so liebevoll aus, dass es mir einen Stich gab. Ich war noch nie von jemandem so in den Arm genommen worden. Ich hatte auch nicht gewusst, dass das etwas war, das mir fehlte. Ich hatte eigentlich gedacht, dass ich ganz zufrieden bin. Aber ich glaube, das ist die Sache, wenn du dich verliebst. Du gehst durch eine Tür in deinem Kopf und befindest dich plötzlich an einem vollkommen neuen Ort. Von außen hat sich nichts verändert. Aber dein Leben fühlt sich hundertmal wackeliger an als vorher.

TAG 13

An dem ich Fanni um Hilfe bitte, mich der Teufel reitet, Leyla von mir getröstet werden will und ich erfahre, dass ich ein Bulldozer bin.

Als ich am nächsten Tag aufwachte, war es fast schon Mittag. Wir waren ziemlich lange bei Milad geblieben, irgendwann war auch Teddy noch gekommen, angezogen wie ein Geschäftsmann. Seine Kleider waren unauffindbar gewesen, und da er ja kaum in Unterhose nach Hause gehen konnte, hatte er sich auf der Polizeiwache ein paar Klamotten aus einem Koffer aussuchen dürfen, der irgendwann mal am Bahnhof vergessen worden war und seit Jahren in der Asservatenkammer herumstand. Den ganzen Abend stolzierte Teddy in seinem verknitterten weißen Hemd und seiner Bügelfaltenhose herum und bezeichnete sich selbst als *sexiest Bürohengst alive.* In Wirklichkeit sah er einfach nur bescheuert aus, aber wir ließen ihn in dem Glauben, immerhin hatte er für uns alle den Kopf hingehalten.

»Und wenn sie mich gefoltert hätten«, hatte Teddy gesagt, »ich hätte keinen Namen verraten. Ich hab die ganze Schuld auf mich genommen.«

»Ja, Mann«, hatte Lou gesagt. »Du bist quasi der Jesus Christus der Freibadeinbrüche.«

»Bisschen besser angezogen als Jesus«, hatte Teddy gesagt und seine Bügelfaltenhosenbeine übereinandergeschlagen. »Aber im Prinzip geb ich dir vollkommen recht.«

Ich schob die Bettdecke auf die Seite, um aufzustehen, dann überlegte ich es mir jedoch anders und deckte mich noch einmal zu. Eine ganze Weile lang lag ich einfach so da und guckte an die Wand. Und dachte an Tom. Ich dachte seit dem vergangenen Abend fast ununterbrochen an ihn, um ehrlich zu sein. Wie wir zusammen auf dem Sprungturm gelegen hatten, wie ich seinen Atem in meinem Gesicht gespürt hatte, wie er geguckt hatte, wie wir uns umarmt hatten, über uns die Sterne, unter uns die Polizei mit Taschenlampen. Man kann sich eigentlich keine Situation ausdenken, die romantischer war als das. Aber von wegen. Die Romantik hatte nicht mal am Horizont gewinkt. Keine Delfine im Sonnenuntergang, kein Streichorchester, kein Feuerwerk. Nur ein Fünfmetersprungturm, von dem die Farbe abblätterte, blaugefrorene Finger und ein Junge, der mit mir *befreundet* sein wollte. Der nicht mal eine einzige Sekunde lang in Betracht zog, dass ich eine Person war, in die er sich verlieben könnte.

»Warum eigentlich nicht?«, sagte ich laut und schlug mit der Faust gegen die Wand, die zur Antwort ein bisschen Putz auf meine Bettdecke rieseln ließ.

»Ja«, sagte ich. »Genau das denke ich auch.«

Zum Verlieben kamen für Tom nur solche Mädchen wie Leyla infrage. Mädchen, die sich schön anzogen, die Absätze und Crop Tops trugen, keine zeltgroßen T-Shirts und Schuhe, die so oft zusammengeflickt worden waren, dass man die ursprüngliche Farbe fast nicht mehr erkennen konnte. Mädchen, die nach Parfüm und Shampoo rochen und nicht nach Schweiß und Terpentin. Die am Rand saßen und den Jungs zujubelten, anstatt damit beschäftigt zu sein, selbst zu skaten. Ich würde nicht tauschen wollen, um nichts in der Welt würde ich mein Leben gegen das von Leyla hergegeben. Es war nur ungerecht, fuck, es war so ungerecht, dass Tom dann eben doch auf solche Mädchen stand.

»Wir werden sehen!«, sagte ich laut und schlug noch einmal gegen die Wand. Immerhin wollte Tom heute mit Leyla Schluss machen. Und ich wäre nicht Ari, wenn ich mich einfach so geschlagen geben würde.

Ich stand auf und lief in den Flur. Bob hat dort irgendwann mal einen großen Spiegel aufgehängt, weil er gelesen hat, dass Spiegel kleine Räume größer wirken lassen. Normalerweise verbringe ich nicht viel Zeit mit diesem Spiegel. Ich meine, ich gucke schon rein, bevor ich aus der Wohnung gehe. Aber oft bleibe ich dafür nicht mal stehen. Ich glaube nicht, dass ich hässlich bin. Ich bin auch nicht schön. Ich sehe einfach aus, wie ich aussehe. Meistens mache ich mir darüber nicht so viele Gedanken. Ich mag meinen Körper vor allem für das, was er tun kann. Er ist stark und er funktioniert, er kann rennen, skaten, Orgasmen haben, mein Gehirn ist einigermaßen schnell, mein Herz schlägt regelmäßig. Natürlich wasche ich mich, putze meine Zähne, benutze Deo und überlege mir, was ich anziehe. Es stresst mich auch, wenn ich einen Pickel habe oder meine Haare wieder mal in alle Richtungen stehen. Aber spätestens nach zehn Minuten vor dem Spiegel wird es mir meistens zu dumm und ich höre auf, mich damit zu beschäftigen.

Aber jetzt stand ich da, vor dem Spiegel in unserem Flur, in Unterhose und Schlaf-T-Shirt und betrachtete mich so ausführlich wie schon lange nicht mehr. Mein Körper ist dünn und drahtig, mir fiel zum ersten Mal auf, *wie* dünn und drahtig. Von der Seite betrachtet war er fast vollkommen flach. Keine Kurven, nichts Weiches. Klappergestell, hallo. Meine Haare standen widerspenstig vom Kopf ab, sie sahen ungepflegt und strohig aus. Meine Hände waren rau, unter den Nägeln hatte ich schwarze Ränder. Meine Lippen waren rissig und auf der Stirn hatte ich Pickel. Es war, dachte ich, überhaupt kein Wunder, dass Tom sich nicht für mich interessierte. Ich sah wirklich nicht aus wie eine Person, mit der man etwas anderes sein konnte als befreundet. Nichts an mir war sexuell, nichts an mir strahlte aus, dass es vielleicht schön sein könnte, mich zu küssen und zu berühren.

Und jaaaaha, bevor irgendjemand was sagt: Ich weiß, wie bescheuert es ist, sowas zu denken. Ich wusste das vielleicht sogar schon, während ich es dachte. Aber ich dachte es trotzdem. Und dann dachte ich auch: Wenn ich wirklich wollte, dass Tom anfing, mich anders anzugucken, dann gab es ein paar Dinge zu tun. Dinge, bei denen ich Hilfe brachen würde. Und dass mir nur eine einzige Person in den Sinn kam, die ich darum bitten konnte. Ich zuckte mit den Schultern, mein Spiegelbild tippte sich an die Stirn. Dann ging ich in mein Zimmer, um mein Handy zu holen.

Als ich etwa acht Jahre alt war, brachte Fanni eines Tages ein goldenes Cocktailkleid an, das sie in einer Boutique für mich geklaut hatte. Sie hatte mich wieder einmal in der Wohnung allein gelassen, anstatt, wie mit Bob vereinbart, auf mich aufzupassen. Ich hatte stundenlang auf sie gewartet und war ein bisschen sauer, als sie endlich zurückkam. Aber dann zog sie diesen goldenen Fummel aus ihrer Handtasche und sagte, dass wir eine Verkleidungsparty feiern würde. Mein Interesse an schönen Kleidern und Schminke lag schon damals bei unter null, aber mit Fanni zusammen waren diese Dinge irgendwie lustig. Mit Fanni zusammen war fast alles irgendwie lustig. Sie ist der Typ Mensch, mit dem du sogar in einer abgefuckten Hütte am Ende der Welt die beste Party deines Lebens feiern kannst. Sie legte eine von Bobs Mixtapes in den Kassettenrekorder und drehte die Lautstärke so laut auf, dass man es wahrscheinlich durch das ganze Haus hörte. Wir tanzten durch die Wohnung, wobei wir aus irgendeinem Grund die Regel aufstellten, dass wir den Boden nicht berühren durften. Ich weiß noch genau, wie ich auf dem Küchentisch stand und Fanni beobachtete, die versuchte, sich von der Spüle aus bis zum Kühlschrank zu hangeln, während Salt 'n' Pepa *Shake your Thang* durch die Wohnung röhrten. Dummerweise fasste Fanni, als sie sich hinüberziehen wollte, genau in den Spalt der Kühlschranktür, die sprang auf, Fanni rutschte ab, rumste vor dem Kühlschrank auf den Boden, und eine Schüssel mit Pfannkuchenteig, den Bob angerührt hatte und der eigentlich mein Mittagessen hätte sein sollen, kippte heraus und ergoss sich über Fanni. Sie fluchte so laut, dass ich im ersten Moment dachte, sie hätte sich ernsthaft wehgetan. Aber dann fing sie plötzlich an zu lachen. Mit Pfannkuchenteig in den Haaren und auf dem Pullover saß sie vor dem Kühlschrank und lachte. Ich stand in einem goldenen, viel zu großen Cocktailkleid auf dem Tisch und lachte ebenfalls. Wenn in diesem Moment zufällig ein Fotograf in unsere Wohnung gekommen wäre und ein Foto aufgenommen hätte, würde es wahrscheinlich heute im Museum für Modern Art in New York hängen. Titel: *Stories of a cringe family life.* Wir haben Bob nie erzählt, dass wir den Pfannkuchenteig nicht gebacken haben, sondern Fanni ihn später mit viel Shampoo aus ihren Haaren gewaschen und die Dusche runtergespült hat. Auch das goldene Kleid hat Bob nie zu Gesicht bekommen, ich habe es jahrelang ganz hinten in meinem Schrank versteckt und manchmal, wenn er nicht zu Hause war, heimlich angezogen. Als Fanni nach Frankfurt abgehauen ist, habe ich es irgendwann im Altkleidercontainer entsorgt.

Fanni, ja Fanni wusste ganz bestimmt, was zu tun war. Dass ich sie anrief, würde Bob nicht gefallen, das war mir klar. Aber Bob würde den ganzen Tag im Laden sein. Und außerdem war er es gewesen, der sich mit ihr gestritten hatte, nicht ich. Fanni konnte, fand ich, ruhig mal etwas für mich tun. Das hatte sie bisher ja noch nicht sonderlich oft getan. Ehrlich gesagt glaube ich nicht, dass ich sie überhaupt schon mal um irgendetwas gebeten habe. Am Telefon konnte ich ihrer Stimme anhören, wie sehr sie sich darüber freute.

»Alles klar«, sagte sie. »Ich pack ein paar Sachen zusammen und dann komm ich zu dir.«

Nur eine knappe Stunde später stand sie tatsächlich vor der Tür.

»Was hast du denn da alles dabei?«, fragte ich und zeigte auf eine riesige Plastiktüte, die Fanni in der Hand hielt. »Ich hab gesagt, du sollst mir zeigen, wie man sich schminkt. Nur so ein bisschen, die Basics halt.«

»Ja, ich weiß«, sagte Fanni und lief an mir vorbei in mein Zimmer. »Aber ich hab gedacht, wenn wir das schon machen, dann bring ich auch ein paar Klamotten mit. Einfach zum Spaß.«

»Aha«, sagte ich und sah dabei zu, wie Fanni den Inhalt der Plastiktüte auf meinem Bett ausbreitete. »Einfach zum Spaß.«

»Jetzt sei nicht so«, sagte Fanni. »Probier doch mal was aus.«

Sie warf mir ein Kleidungsstück zu, das sich als Hotpants herausstellte, als ich es in die Höhe hielt, ein kleiner Fetzen aus schwarzem Jeansstoff. Leyla trug oft solche Hosen.

»Zieh an«, sagte Fanni. »Ich wette, du siehst super aus damit.«

»Okay«, sagte ich. »Für ein bisschen Spaß mach ich alles.«

Ich zog meine Hose aus und schlüpfte in die Hotpants. Sie war knalleng, allerdings nicht auf eine unangenehme Art. Der Stoff war weich und leicht dehnbar und der Reißverschluss ließ sich problemlos schließen.

»Oha!«, rief Fanni und warf übertrieben begeistert die Hände in die Luft. »Die sitzt ja perfekt!«

Sie schob mich vor den Spiegel im Flur. Ich stemmte die Hände in die Seiten und betrachtete mich. Fanni hatte Recht, die Hose passte wie angegossen. Allerdings wirkte ich, im Gegensatz zu Leyla, die in solchen Hosen immer aussieht wie Beyoncé auf dem Weg zu den Grammy Awards, eher wie ein dürres, kleines Mädchen, das sich beim Spielen die Schienbeine blau geschlagen hatte. Als ich das Fanny sagte, lachte sie.

»Abwarten«, sagte sie und drückte mir ein schwarzes Top in die Hand. »Hier, das passt dazu.«

Ich verdrehte die Augen und stöhnte, bevor ich mir mein T-Shirt über den Kopf zog und in das Top schlüpfte. Aber in Wirklichkeit interessierte es mich selbst, wie ich darin aussehen würde. Das Top war bauchfrei, der Ausschnitt war mit feiner, schwarzer Spitze besetzt. Fanni gab einen leisen Pfiff von sich. Dann lief sie zurück in mein Zimmer. Als sie wiederkam, hatte sie ein Schminktäschchen in der Hand, aus dem sie eine Flasche Haaröl nahm.

»Darf ich?«, fragte sie, aber sie wartete meine Antwort gar nicht ab, sondern fing an, das Zeug in meine Haare zu massieren. Es roch nach Kokos und machte meine Locken auf eine Art geschmeidig, die mir ziemlich gut gefiel. Nachdem Fanni eine Weile lang in meinen Haaren herumgeknetet hatte, holte sie ein paar Klammern aus ihrem Schminktäschchen und fing an, meine Locken nach oben zu stecken. Dann befahl sie mir, die Augen zu schließen, und holte verschiedene Schminkutensilien aus ihrem Täschchen, um damit mein Gesicht zu bearbeiten.

»Aber nicht so viel«, sagte ich.

»Nee«, antwortete Fanni, »nur ganz dezent.«

Sie cremte meine Haut mit einer Creme ein, die nach Rosen roch. Dann pinselte sie eine Weile an meiner Stirn und an meinen Augen herum, zum Schluss strich sie etwas auf meine Lippen.

»Wow«, sagte sie, als sie fertig war. »Einfach nur wow.«

»Na ja«, sagte ich, während ich mich im Spiegel betrachtete. »Übertreib nicht.«

Fanni hatte die Pickel auf meiner Stirn mit Make-up abgedeckt und mir einen Lidstrich gezogen, dazu hatte sie ein bisschen grünen Lidschatten und Wimperntusche aufgetragen. Meine Augen wirkten größer als sonst, und der grüne Lidschatten passte gut zu meiner Augenfarbe. Auf meinen Lippen schimmerte rosafarbener Lipgloss. Ich sah anders aus, komplett anders als sonst. Ich hätte eine von Leylas Freundinnen sein können, so sah ich aus.

»Gefällt's dir?«, fragte Fanni.

»Weiß nicht«, sagte ich.

»Ich finde, du bist wunderschön«, sagte Fanni und zupfte den Träger meines Tops zurecht. »Aber das hat eigentlich nichts mit der Schminke zu tun.«

»Aha«, sagte ich.

»Ich hab mich gefreut, dass du mich angerufen hast«, sagte Fanni und zupfte immer noch an meinem Top herum.

»Ja«, sagte ich. »Danke für … also danke, dass du gekommen bist, und für die Sachen und so.«

»Ist doch klar.« Fanni suchte meinen Blick im Spiegel und lächelte. »Ich bin froh, dass ich wieder hier bin«, sagte sie. »Ich war viel zu lange weg.«

Ich schaffte es nicht, ihrem Blick standzuhalten, und klappte den Schuhschrank auf, als würde ich überlegen, welche Schuhe zu meinem neuen Outfit passen könnten. Obwohl ich sowieso nur zwei Paar Schuhe besitze. Meine Skateschuhe und die gefütterten Winterschuhe, die ich nur anziehe, wenn draußen ungefähr drei Meter hoch Schnee liegt.

»Was sagt eigentlich Gerhard dazu?«, fragte ich. »Dass du einfach abgehauen bist, meine ich?«

Fanni lachte.

»Gerhard …«, sagte sie. »Ich hab keine Ahnung, was Gerhard dazu sagt. Wir sind schon seit zwei Jahren nicht mehr zusammen.

Ich hab's nicht lange ausgehalten mit ihm, wie immer. Paar Monate verheiratet, dann hab ich hingeschmissen.«

»Hä?«, sagte ich. »Und was hast du dann die ganze Zeit in Frankfurt gemacht? Bob hast du erzählt, du baust ein Haus mit Gerhard und ihr habt einen Hund?«

»Ich weiß«, sagte Fanni.

»Das versteh ich nicht«, sagte ich.

»Ja«, sagte Fanni.

Ich wartete, ob sie noch etwas hinzufügen würde, aber da kam nichts mehr.

»Okay«, sagte ich. »Whatever. Danke für die Sachen. Ich glaub, es wär gut, wenn du jetzt langsam wieder gehen würdest. Ich weiß nicht genau, wann Bob zurückkommt, und wenn du noch hier bist, wenn er ...«

»Ich war in einer Klinik«, unterbrach mich Fanni. »In Frankfurt. Ich war in einer Klinik.«

»Okay?«, sagte ich nur.

»Also nicht die ganze Zeit«, sagte Fanni. »Aber eine Weile.«

»Warst du krank?«

Fanni lächelte. Dann zuckte sie die Schultern.

»Weißt du«, sagte sie, »Bob hat schon recht.«

»Mit was?«

»Mit allem eigentlich«, sagte Fanni.

Wieder machte sie eine Pause. Im Flur heulte ein Kleinkind, wahrscheinlich das Nachbarskind. Es war zwei Jahre alt und heulte fast den ganzen Tag. Manchmal, wenn es besonders schlimm war, klingelte Bob bei der Nachbarin und fragte, ob alles in Ordnung sei. Die Nachbarin sah immer so aus, als hätte sie schon seit einer Woche nicht mehr geschlafen und mindestens viermal so lange nicht mehr geduscht. Sie hatte drei Kinder und einen Mann, der den ganzen Tag mit seinen Homies auf den Bänken neben dem Siedlungskiosk chillte. Er kam nur zum Essen und zum Schlafen nach Hause. Im Gegensatz zu seiner Frau schien er die Dusche regelmäßig zu benutzen, er sah ausgeschlafen aus und war meistens gut gelaunt. Als ich noch ein Kind war, schenkte er mir jedes Mal ein Pfefferminzbonbon, wenn wir uns im Treppenhaus begegneten. Irgendwann hat er damit aufgehört, ich weiß nicht warum, aber es war auch nicht weiter schlimm. Ich habe die Bonbons sowieso nie gegessen.

»Bob wollte immer, dass ich Therapie mache«, sagte Fanni. »Ich hab das viel zu lange …« Sie hob die Schultern und sah Richtung Wohnungstür, hinter der die Nachbarin auf das brüllende Kleinkind einredete. Die beiden größeren Kinder stritten sich, es ging um einen Lollipop, soweit ich das verstand. Dann klimperte die Mutter mit dem Schlüssel und schloss die Wohnungstür auf. Die Kinder rannten in die Wohnung, die Tür wurde geschlossen und dämpfte die Geräusche.

»Es ist so, wie Bob sagt«, sagte Fanni leise. »Ich hab's vermasselt. Ich hab das Wichtigste, das je in meinem Leben passiert ist, einfach komplett vermasselt.«

»Du meinst das mit Gerhard?«, sagte ich.

»Nee«, sagte Fanni. »Ich meine das mit dir.«

»Ah«, machte ich. Etwas anderes fiel mir nicht ein. Mir wurde irgendwie von einem auf den anderen Moment unangenehm warm. Als hätte in mir drin jemand eine dieser Heizungen hochgedreht, die sich innerhalb kurzer Zeit so stark erhitzen, dass du das Fenster aufmachen musst, weil du es sonst nicht aushältst.

»Ich kann verstehen, wenn du nichts mit mir zu tun haben willst«, sagte Fanni. »Aber der einzige Grund, warum ich wieder hierherziehen will, bist du. Du musst dazu jetzt auch gar nichts sagen. Ich wollte nur, dass du das weißt.«

Sie lächelte, aber irgendwie sah sie traurig aus dabei. Dann fing sie an, die Schminksachen einzupacken, die sie auf dem Schuhschrank neben dem Spiegel abgelegt hatte.

»Fanni?«, sagte ich.

»Hm?«

»Es stimmt vielleicht nicht ganz.«

»Was stimmt nicht ganz?«

»Dass ich nur auf Mädchen stehe.«

»Ah«, machte Fanni nur. Weiter sagte sie nichts, und das fand ich irgendwie gut.

»Es gibt einen Jungen, der mir gefällt.«

Fanni schwieg eine Weile, sie schien ziemlich genau darüber nachzudenken, was sie darauf antworten sollte.

»Das ist doch schön, oder nicht?«, fragte sie schließlich.

»Weiß nicht«, sagte ich. »Ich find es eher anstrengend.«

»Wenn er dich so sieht, ist die Sache jedenfalls klar«, sagte Fanni.

»Nee«, sagte ich. »So einfach ist das nicht. Er ist mit dem heißesten Mädchen der Stadt zusammen.«

»Du bist heißer.«

»Haha.«

»Guck dich doch an. Da kann kein Junge widerstehen.«

»Glaubst du vielleicht.«

»Weiß ich«, sagte Fanni und lächelte. »Weiß ich mit absoluter Sicherheit.«

»Okay«, sage ich und nahm mein Skateboard, das wie immer neben dem Eingang stand. »Dann geh ich jetzt. Sonst überleg ich mir das noch anders.«

»Mach das«, sagte Fanni und lächelte. »Ich pack meine Sachen und dann geh ich auch.«

»Du musst einfach weg sein, bevor Bob kommt«, sagte ich.

»Keine Sorge«, sagte Fanni. »Ich bin vielleicht verrückt, aber nicht dumm.«

»Gut«, sagte ich und dann zog ich die Tür hinter mir zu.

***

Im Nachhinein kann ich nicht mehr genau sagen, was ich mir dabei gedacht habe, in diesem Aufzug in den Park zu gehen. Manchmal, wie gesagt, reitet mich der Teufel. Als ich den Uferweg entlang rollte, der zum Park führt, wurde ich so nervös, dass ich fast nicht mehr geradeaus fahren konnte auf meinem Skateboard. Es war absolut bescheuert, was ich da tat. Teddy und die anderen würden sich vor Lachen in die Hosen pinkeln, wenn sie mich so sahen. Und Tom wahrscheinlich auch. Vielleicht würde er sogar Mitleid mit mir haben, und ich würde auf dem Platz stehen in diesen viel zu kurzen Hosen und diesem viel zu knappen Top, mit diesem Zeug im Gesicht und den Klammern in den Haaren, und ich würde mir blöd vorkommen, so blöd wie noch nie in meinem Leben, und man würde mir das ansehen, meine Schultern würden sich verkrampfen, und ich würde komische Sachen sagen, und frieren würde ich auch, weil es viel zu kalt war für Hotpants und bauchfrei. Mit Fannis Showgirl-Klamotten in den Park zu fahren war die dümmste Idee, die ich jemals gehabt hatte, und ich hatte gerade beschlossen, kehrtzumachen und so schnell wie möglich wieder nach Hause zu fahren, da hörte ich plötzlich einen lauten Pfiff hinter mir.

»Was ist das denn für ein süßer Popo?«, brüllte Teddy.

Ich drehte mich um und zeigte ihm den Mittelfinger. Er schlug sich gespielt erschrocken mit der Hand auf den Mund.

»O mein Gott, es ist Ari«, sagte er zu Lou und Yasin, die neben ihm den Uferweg entlangrollten und kurz darauf ihre Skateboards vor mir stoppten. »Sie sieht zumindest so aus wie Ari. Was ist passiert? Hat Bob deine Kleider zu heiß gewaschen und dein Gehirn gleich mit? Oder bist du gar nicht die echte Ari? Bist du in Wirklichkeit ein Alien aus einer anderen Dimension? Gib es zu, ihr habt Ari entführt und ausgetauscht! Was habt ihr mit Ari gemacht?«

»Hör nicht auf ihn«, sagte Lou und gab mir die Hand. »Du siehst super aus.«

»Sie hat sich sogar geschminkt«, rief Teddy. »Das ist nie im Leben die echte Ari. Die echte Ari würde sich eher erschießen, als einen Lippenstift in die Hand zu nehmen.«

»Halt einfach mal die Fresse, Teddy«, sagte Lou. »Checkst du nicht, dass du schon längst über der Grenze bist?«

»Was denn für eine Grenze?«, fragte Teddy. »Die Meine-beste-Freundin-sieht-plötzlich-komplett-anders-aus-und-ich-wundere-mich-darüber-Grenze?«

»Nein, die Du-verletzt-Leute-mit-deinem-Gelaber-Grenze«, sagte Lou.

»Hab ich dich verletzt, fremdes Wesen aus dem All, das so aussieht wie meine beste Freundin Ari?«, sagte Teddy und verbeugte sich vor mir. »Dann entschuldige ich mich bei dir. Namasté. Möge die Macht mit dir sein.«

»Idiot«, sagte ich.

Dann drehte ich mich um und lief über die Wiese in den Park. Wütend schmiss ich meinen Rucksack auf eine der Sitzbänke. Tom war, das registrierte ich sofort, nicht im Park, und darüber war ich in etwa gleichen Anteilen enttäuscht wie erleichtert. Zusammen mit der Wut auf Teddy und der Nervosität, mit der ich in den Park gefahren war, waren das viel zu viele Gefühle auf einmal. Ich merkte, wie meine Hände anfingen zu zittern, und ich klemmte sie unter meine Beine, damit Yasin, der sich in diesem Moment neben mich setzte, es nicht sah.

»Lass dich nicht von Teddy ärgern«, sagte Yasin. »Du weißt doch, wie er ist.«

»Pff«, machte ich. Mehr brachte ich nicht heraus, ich hatte Angst, dass meine Stimme auch zitterte und Yasin es merken würde.

»Hast du Leyla schon gesehen?«, fragte Yasin.

»Nee«, sagte ich. »Hab ich nicht.«

»Nur weil sie war doch gestern bei der Polizei. Ich frag mich, ob's ihr gut geht.«

»Ist mir ehrlich gesagt scheißegal«, sagte ich. »Glaubst du, ich hab Lust, ständig darüber nachzudenken, wie es Leyla geht?«

»Wieso denn ständig?«

»Ich hab nicht mal eine einzige Sekunde lang Lust darüber nachzudenken. Nicht mal eine Millisekunde. Nicht mal eine Milliardstelsekunde.«

»Ist ja gut, Ari. Chill mal. Ich hab nur gefragt, ob du Leyla gesehen hast.«

»Ja, aber du fragst immer nach Leyla. Du kommst in den Park und sofort *Leyla, Leyla, Leyla. Wo ist Leyla, hast du Leyla gesehen, glaubst du es geht Leyla gut?* Du könntest ja auch mal fragen, wie es mir geht. Aber auf die Idee kommst du natürlich nicht. Wieso auch. Ist ja nur Ari. Ari geht's eh immer gut, Ari muss man nicht fragen. Ari ist einfach da. Ari ist gut drauf. Ari hört sich deinen Scheiß an. Über Ari kann man sich auch lustig machen, kein Problem, Ari ist cool, die nimmt das easy.«

»Hä?«, sagte Yasin. »Ich hab mich nicht über dich lustig gemacht, oder? Das war Teddy.«

»Aber du hast jetzt auch nicht wirklich was dagegen gehabt, oder?«

»Boah«, rief Yasin. »Was ist denn los mit dir?«

»Leck mich doch«, sagte ich.

Dann nahm ich mein Skateboard und meinen Rucksack und stand auf. Ich lief quer über die Wiese und blieb vor Teddy stehen.

»Und das karierte Hemd sieht übrigens scheiße aus an dir«, sagte ich und zeigte auf sein grün-kariertes Flanellhemd. »Ich hab schon kapiert, dass du das seit neustem ständig anziehst, weil Tom fast das gleiche hat. Aber du siehst damit nicht cool aus. Du siehst aus wie ein Hausmeister oder was.«

Damit drehte ich mich um, stieg auf mein Brett und fuhr davon. Ich war schon mindestens hundert Meter gefahren, da hörte ich Lou rufen. Ich bremste und wartete, bis Lou mich eingeholt hatte.

»Was?«, sagte ich unfreundlich.

Lou antwortete nicht, sondern nahm mich stattdessen einfach in den Arm. Es passierte so plötzlich, dass ich die Umarmung vor Überraschung erwiderte. Wir umarmen uns nicht besonders oft, Teddy, Yasin, Lou und ich, das ist eigentlich nicht so unser Ding. Aber ehrlich, es war verdammt schön, von Lou umarmt zu werden, so schön, dass ich fast angefangen hätte zu heulen.

»Du siehst super aus«, sagte Lou und ließ mich los. »Anders, aber super. Du kannst gar nicht anders, als super aussehen, egal, was du anhast.«

»Danke«, sagte ich. »Fanni hat mich gestylt.«

»Oha«, sagte Lou. »Seit wann bist du denn mit Fanni dicke?«

»Wir sind gar nicht dicke«, antwortete ich. »Einfach, keine Ahnung, das hat sich so ergeben.«

»Das ist schön, wenn sich Dinge ergeben«, sagte Lou.

»Ja«, sagte ich.

»Und wenn sie sich von alleine nicht ergeben, dann muss man eben dafür sorgen, dass sie sich ergeben, was?«, sagte Lou und grinste.

Früher war ich ja mal in Lou verliebt gewesen. Es war lange vorbei, und wir haben nie darüber geredet. Trotzdem glaube ich, dass Lou das gemerkt hat und, im Gegensatz zu Teddy und Yasin, auch weiß, dass ich nicht nur auf Mädchen stehe. Dem Grinsen nach zu urteilen hatte Lou jedenfalls ziemlich genau kapiert, was gerade mit mir los war. Wahrscheinlich sogar, dass es um Tom ging.

»Ich geh jetzt mal«, sagte ich. »Mir ist bisschen kalt.«

»Kein Wunder«, sagte Lou. »Du hast ja auch kaum was an.«

»Ja«, sagte ich. »Das war nicht unbedingt schlau von mir.«

»Viel Glück«, sagte Lou.

»Beim Nachhausekommen?«

»Bei was auch immer.«

***

Wenn wir von der Stadt aus in die Feuerberg-Siedlung kommen wollen, laufen wir normalerweise durch den Wald, der hinter der Siedlung anfängt und quasi direkt zum Park führt. Das ist der kürzeste Weg, meistens geht das schneller als den Bus zu nehmen, der nur unregelmäßig fährt. Die Hauptstraße, den Feuersteig, nach oben zu laufen, ist Quatsch. Ich habe das erst zweimal in meinem Leben gemacht und auch nur, weil es Nacht und mir zu unheimlich gewesen war, alleine durch den Wald zu gehen. Der Feuersteig ist stark befahren, der Seitenstreifen ist schmal und es dauert ewig, weil die Straße ungefähr tausend Kurven macht, bis sie endlich oben in die Siedlung abzweigt. Es gibt eigentlich keinen guten Grund, diesen Weg zu nehmen. Trotzdem beschloss ich an diesem Tag, genau das zu tun. Denn die Stelle, an der der Feuersteig unten in der Stadt in eine andere Hauptstraße mündet, befindet sich ganz in der Nähe des Bahnübergangs. Ich musste also quasi an Toms Haus vorbei, wenn ich zum Feuersteig wollte, und ich dachte, wenn Tom zu Hause war und das Skateboard hörte, dann würde er vielleicht aus dem Fenster gucken und mich zumindest sehen, und vielleicht würden wir uns grüßen, vielleicht würde er auch aus dem Haus kommen und wir würden miteinander sprechen. Ich wusste, wie bescheuert das war. Es war total absolut hinterbescheuert. Aber du verhältst dich nicht korrekt und vernünftig, wenn du verknallt bist, ich glaube, das ist einfach part of the game.

Ich rollte also, schön langsam, Toms Straße entlang und sah an der Fassade seines Hauses hoch. *Komm schon,* dachte ich und fixierte das Fenster im dritten Stock, hinter dem ich sein Zimmer vermutete, *sei zu Hause und guck raus, komm schon.* Tatsächlich hörte ich, kaum hatte ich diesen Gedanken zu Ende gedacht, wie jemand meinen Namen rief. Allerdings war es nicht Tom, der mich rief. Es war Leyla. Sie saß auf den Stufen vor Toms Haus und winkte mir zu. Ich war so auf Toms Zimmerfenster konzentriert gewesen, dass ich sie gar nicht bemerkt hatte.

»Hey«, sagte ich und stoppte mein Skateboard. »Was … äh … machst du denn hier? Wohnst du hier?« Letzteres schob ich nach, um davon abzulenken, dass ich sehr genau wusste, wer hier eigentlich wohnte.

»Hä?«, sagte Leyla. »Du weißt doch, wo ich wohne. Du warst letzte Woche auf meiner Party.«

»Ah ja, stimmt«, sagte ich und lachte ein bisschen dümmlich, ich hätte mir selbst eine reinhauen können.

»Tom wohnt hier«, sagte Leyla. »Ich wollte ihn sehen, aber es ist niemand zu Hause.«

»Aha«, sagte ich. »Na dann.«

Ich wollte weiterfahren, aber Leyla stand auf und kam auf mich zu.

»Ich weiß nicht, was ich machen soll«, sagte sie, als sie vor mir stand. »Ich hab Tom seit der Freibadaktion nicht mehr gesehen. Ich hab ihn angerufen, ihm geschrieben, er liest die Nachrichten, aber er antwortet einfach nicht. Ich versteh das nicht.«

»Ja«, sagte ich. »Keine Ahnung. Vielleicht hat er viel zu tun.«

Es irritierte mich, dass Leyla mir das erzählte. Leyla und ich, wir redeten eigentlich nicht miteinander. Es gab die unausgesprochene Vereinbarung zwischen uns, dass wir einander in Ruhe ließen. Sie mochte mich nicht, ich mochte sie nicht, das war uns beiden klar. Was bei ihrer Party passiert war, war eine absolute Ausnahme. Sie war betrunken und genervt gewesen, nur deshalb hatte sie mich um Hilfe gebeten, als ich in ihrem Zimmer aufgetaucht war.

»Viel zu tun«, sagte Leyla und schnaubte. »Der hat doch nicht viel zu tun. Und außerdem. Wenn du wirklich in jemanden verliebt bist, dann findest du immer Zeit, dich zu melden.«

Ich sagte nichts dazu. Was sollte ich auch dazu sagen? *Ich weiß, dass Tom mit dir Schluss machen will, und ich finde das gut?*

»Als er geweint hat, auf meiner Party«, sagte Leyla, »da war mir das irgendwie zu viel.«

»Ja«, sagte ich. »Das hab ich gemerkt.«

»Weil ich noch nie so eine Beziehung gehabt hab, verstehst du?«, sagte Leyla. »Ich war noch nie mit einem Jungen zusammen, der bei mir geweint hat. Ich kenne das nicht. Es tut mir so leid, dass ich weggelaufen bin. Meinst du, das hat damit zu tun, dass Tom sich nicht bei mir meldet?«

Sie guckte mich an, mit ihren tiefbraunen wunderschönen Augen – sie wollte wirklich eine Antwort von mir. Es machte mich verlegen, dass sie mich so ansah, und ich fing an, in meinem Rucksack herumzukramen.

»Quatsch«, sagte ich. »Ich glaub nicht, dass das damit zu tun hat.«

»Tom ist so anders als meine Exfreunde«, sagte Leyla und hörte immer noch nicht auf, mich anzugucken. Es interessierte mich nicht, was Tom von ihren Exfreunden unterschied. Oder vielleicht interessierte es mich doch. Vielleicht interessierte es mich sogar brennend. Aber ich war absolut überfordert mit diesem Gespräch. Ich hatte keine Ahnung, wie ich mich verhalten sollte. Ich fand eine Wasserflasche in meinem Rucksack und tat, als hätte ich nach ihr gesucht. Umständlich schraubte ich den Deckel ab und nahm einen Schluck.

»Er wollte nicht mit mir schlafen«, sagte Leyla, und endlich wandte sie ihren Blick von mir ab. »Er hat gesagt, es geht ihm zu schnell. Er hat gesagt, wir kennen uns noch gar nicht richtig.«

»Das stimmt ja auch irgendwie. Ihr seid gerade mal eine Woche zusammen.«

»Du stehst nicht auf Jungs«, sagte Leyla. »Du weißt nicht, wie das ist. Die meisten Jungs erwarten das.«

»Was erwarten sie?«

»Dass du ihnen Sex gibst. Das ist normal. Sonst suchen sie sich ein anderes Mädchen.«

»Dein Ernst? Du schläfst mit einem Jungen, damit er bei dir bleibt?«

»Wenn es sein muss.«

»Wenn es sein muss? Das ist aber schon irgendwie traurig oder nicht?«

»Wieso?«

»Weil vielleicht ... äh ... Sex etwas sein sollte, das beide wollen?«

»Ich weiß nicht«, sagte Leyla und zuckte die Schultern. »Ich finde Sex gar nicht so toll. Meistens bin ich froh, wenn es vorbei ist. Ich glaube, für Frauen ist es nicht das gleich gute Gefühl wie für Männer, das ist einfach so.«

»Hast du schon mal einen Orgasmus gehabt?«

»Keine Ahnung. Vielleicht. Weiß nicht.«

»Wenn du einen gehabt hättest, dann wüsstest du das.«

»Ja, na und?«, rief Leyla. »Dann hab ich halt noch keinen gehabt. Ist mir ehrlich gesagt auch scheißegal. Ich will einfach nur, dass Tom bei mir bleibt. Verstehst du? Ich bin fix und fertig. Ich hab die ganze Nacht nicht geschlafen, ich gucke alle fünf Minuten auf mein Handy, ich lese unseren Chatverlauf immer und immer wieder, ich kann ihn schon fast auswendig, ich gucke, ob Tom online ist, und ich warte auf die Bubbles, die zeigen, dass er mir schreibt, aber er schreibt nicht, und ich hab das Gefühl, ich werde verrückt, und dann leg ich mein Handy für ein paar Minuten weg und dann kommt eine Nachricht und ich renne, wirklich, ich renne zu meinem Handy und ich denke, jetzt hat er geschrieben, endlich, aber er schreibt nicht, er schreibt mir einfach nicht. Ich versteh das nicht. Ich bin doch seine Freundin, und ich bin gestern von der Polizei verhaftet worden, wieso meldet er sich denn nicht?«

Mit den letzten Sätzen war Leylas Stimme immer brüchiger geworden, und jetzt fing sie tatsächlich an zu weinen. Sie stand vor mir und weinte und sah dabei so hilflos und verloren aus, dass ich gar nicht anders konnte, als sie in den Arm zu nehmen. Sie lehnte ihren Kopf an meine Schulter und schluchzte heftig, ihr ganzer Körper schüttelte sich. Ich hielt sie fest, und ganz egal, dass Leyla und ich uns eigentlich nicht leiden konnten, in diesem Moment tat sie mir einfach nur leid.

»Das ist nicht fair von ihm« sagte ich. »Nee, das ist wirklich nicht fair von ihm.«

»Aber warum ist er so?«, fragte Leyla, den Kopf immer noch an meiner Schulter. »Ich versteh das einfach nicht.«

»Ich weiß, das ist hart«, sagte ich. »Aber wahrscheinlich ist er einfach nicht verliebt in dich.«

Leyla löste sich aus der Umarmung und sah mich an. »Hat er das gesagt?«

Ich schaffte es nicht, ihrem Blick standzuhalten, und guckte zur Seite. »Nee. Ich mein ja nur. Wenn du verliebt bist, dann meldest du dich doch. Hast du ja selbst gesagt.«

»Du weißt irgendwas, oder?«

»Äh, nein?«

Leyla schwieg einen Moment. »Nee, okay«, sagte sie dann. »Ich kann mir auch nicht vorstellen, dass Tom mit *dir* darüber geredet hat.«

»Wieso sagst du das so komisch? Wieso soll er nicht mit *mir* darüber geredet haben?«

»Weil er dich für einen Bulldozer hält.«

»Einen Bulldozer?«

»*Ari ist schon ein ziemlicher Bulldozer,* das hat er gesagt. Keine Ahnung, wie er das gemeint hat.« Leyla lächelte, es war schwer zu sagen, ob sie gerade mit Absicht fies war oder ob sie es einfach nicht schnallte.

»Okay«, sagte ich und verstaute die Wasserflasche, die ich immer noch in der Hand hielt, in meinem Rucksack. Ein Bulldozer. Das war es also, was Tom in mir sah.

»He«, sagte Leyla und legte ihre Hand auf meinen Oberarm. »Nimm es doch einfach als Kompliment. Ich meine, guck mich an. Ich bin weit davon entfernt, ein Bulldozer zu sein, und hier stehe ich vor dem Haus von meinem Freund und heule. Sowas würde dir nie passieren.«

»Nee«, sagte ich. »Wahrscheinlich nicht.«

»Außerdem siehst du heute überhaupt nicht aus wie ein Bulldozer«, sagte Leyla und lächelte. »Wieso hast du dich denn so schick gemacht? Hast du ein Date?«

»So ähnlich«, sagte ich. »Ich muss jetzt wirklich gehen.«

»Okay«, sagte Leyla. »Klar.«

»Wird schon alles wieder«, sagte ich. »Kopf hoch.«

Leyla nickte und sah so aus, als würde sie gleich wieder anfangen zu heulen. Ich hob die Hand, dann drehte ich mich um und fuhr davon, so schnell ich konnte.

Ich pushte mit einem wahnsinnigen Tempo bis zum Feuersteig, und als ich nicht mehr weiterfahren konnte, weil die Steigung zu steil wurde, nahm ich das Brett in die Hand und rannte bergauf weiter. Ich rannte und rannte, bis meine Lunge brannte und meine Beine ganz weich wurden. Die Autos rasten an mir vorbei, manchmal so nah, dass sie mich fast berührten, manchmal hupten sie, einmal brüllten ein paar Jungs etwas aus dem Fenster, aber ich verstand sie nicht. Wenn ich nicht mehr konnte, lief ich ein paar Meter, um zu Atem zu kommen, dann rannte ich wieder weiter. Als ich zu Hause ankam, war ich vollkommen erschöpft. Ich schloss die Wohnungstür auf, stellte das Skateboard ab, ging in mein Zimmer und brach zusammen. Die Beine knickten einfach unter mir weg. Wie zwei Hölzer, die mittendurch brachen. Mit einem dumpfen Knall landete ich auf dem Fußboden – immerhin war ich geistesgegenwärtig genug, um den Kopf einzuziehen. Im nächsten Moment war Fanni in meinem Zimmer und beugte sich über mich. Mein Gesicht fühlte sich seltsam nass an, zuerst dachte ich, dass ich blutete, aber dann merkte ich, dass ich weinte.

»Komm«, sagte Fanni. »Steh auf.«

Sie zog mich sanft am Arm und half mir dabei, vom Boden aufzustehen und mich ins Bett zu legen. Dann setzte sie sich an meine Bettkante und zog die Decke über mich.

»Ich bin ein Bulldozer«, sagte ich und schluchzte. »Du wolltest, dass ich eine Meerjungfrau werde. Aber ich bin ein Bulldozer.«

»Ich weiß nicht, was du damit meinst«, sagte Fanni und streichelte mir über die Haare. »Aber wenn, dann bist du der tollste Bulldozer, den ich kenne.«

Ich wischte mit dem Zipfel der Bettdecke über meine Augen, das Make-up hinterließ grün-schwarze Flecken.

»Warum bist du überhaupt noch hier?«, fragte ich. »Du solltest besser gehen. Bob kommt bald nach Hause, ich glaub, er fänd es nicht gut, dich zu sehen.«

»Das ist mir egal«, sagte Fanni. »Ich lass dich jetzt sicher nicht alleine.«

»Ich komm schon klar«, sagte ich.

»Ja, das weiß ich«, sagte Fanni. »Aber ich lass dich trotzdem nicht alleine.«

»Okay, dann halt«, sagte ich. Aber ehrlich gesagt war ich ziemlich froh darüber, dass sie nicht gehen würde.

»Schlaf ein bisschen, wenn du kannst«, sagte Fanni und strich mir noch einmal über die Haare. »Ich bin in der Küche, wenn du mich brauchst.«

Sie ging aus dem Zimmer und ich hörte, wie sie sich auf dem Balkon eine Zigarette anzündete. Der Nikotingeruch wehte durch meine angelehnte Zimmertür, ich zog mir die Bettdecke über den Kopf und atmete in den Stoff. Dann schlief ich ein.

***

Ich weiß nicht, wie lange ich geschlafen habe. Als ich wieder aufwachte, war es draußen jedenfalls schon dunkel und ich hörte, wie Fanni und Bob in der Küche miteinander diskutierten. Sie versuchten, ihre Stimmen gesenkt zu halten, aber sie waren so aufgebracht, dass ihnen das nicht wirklich gelang.

»Ich versteh einfach nicht, was du dir dabei gedacht hast«, zischte Bob, und er klang ziemlich wütend.

»Ich hab sie doch nicht dazu gezwungen«, hörte ich Fanni antworten. »Sie hat die Sachen freiwillig angezogen. Sie ist verliebt, falls du es genau wissen willst. In einen Jungen, falls du es noch genauer wissen willst.«

»Na und?«, rief Bob mit gepresster Stimme. »Das ist ja noch schlimmer. Du überredest sie, sich so aufzubrezeln, um einem Jungen zu gefallen? Ein Typ, der nicht kapiert, wie toll Ari ist, der muss hier gar nicht ankommen, den schmeiß ich hochkant wieder raus. Ari ist gut so wie sie ist. Sie hat es überhaupt nicht nötig, sich zu verstellen.«

»Natürlich ist sie gut so wie sie ist«, sagte Fanni, und es war ihrer Stimme anzuhören, dass sie den Tränen nahe war. »Ich wollte ihr nur helfen. Ich hab mich einfach gefreut, dass ich ihr mal helfen kann. Ich konnte ihr noch nie bei irgendwas helfen.«

»Ja, weil du offensichtlich nicht dazu imstande bist!«, rief Bob. »Du hast ja gesehen, wie es ihr geht. Weißt du, wann ich sie das letzte Mal hab weinen sehen? Ich kann mich gar nicht mehr erinnern, so lange ist das her.«

»Es tut mir leid«, sagte Fanni leise.

»Ich hab dich manchmal so satt«, sagte Bob. »Du kannst dir gar nicht vorstellen, wie satt ich dich manchmal habe. Immer gibt es Drama mit dir, immer ist irgendwas. Guck dir mal Ari an, sie ist 17 und jetzt schon erwachsener als du, wie kann das sein?«

»Weil sie dich hat«, sagte Fanni, und jetzt war sie so leise, dass ich sie fast nicht mehr verstand. »Ich hab so jemanden nicht gehabt. Das weißt du genau.«

»Ja«, rief Bob. »Aber es gibt eine Menge Leute, die in instabilen Familien aufwachsen und es trotzdem auf die Reihe kriegen.«

»Ich krieg es auch auf die Reihe«, rief Fanni. »Ich bin dran. Ich arbeite an mir. Wieso siehst du das nicht? Wieso siehst du immer nur das, was ich nicht schaffe? Ich bin in Therapie, ich habe aufgehört zu trinken, ich hab sogar meinen Schulabschluss nachgeholt. Wieso siehst du das nicht? Wieso traust du mir überhaupt nichts zu, gar nichts, wieso?«

»Weil du alles kaputt machst«, rief Bob. »Seitdem ich dich kenne. Jedes Mal. Und weil ich dich dann wieder rausholen muss.«

»Nein«, sagte Fanni. »Das ist jetzt anders.«

»Was ist anders?«

»*Ich* bin anders«, sagte Fanni. »Ich brauche Hilfe, ja. Und ich hole sie mir auch. Bei meiner Therapeutin zum Beispiel. Ich erwarte nicht mehr von dir, dass du für mich da bist. Nicht so. Verstehst du das nicht?«

»Okay«, sagte Bob ungeduldig. »Was auch immer. Mach, was du willst.«

»Ich brauche deine Erlaubnis nicht. Ich hab dich nur gefragt, ob du das verstehst.«

»Und warum kommst du hierher und erzählst uns das?«

»Weil ihr meine Familie seid«, sagte Fanni. »Weil ihr die einzigen Menschen seid, die mir wirklich etwas bedeuten.«

»Entschuldigung, wenn es uns ein bisschen schwerfällt, das zu glauben.«

»Ja«, sagte Fanni. »Ich versteh das. Ich versteh das wirklich. Aber ich glaube, wenn ich es schaffe, für mich selbst da zu sein, dann schaffe ich es auch, für Ari da zu sein.«

»Pff«, machte Bob. »17 Jahre zu spät.«

»Ich glaube nicht, dass es dafür jemals zu spät ist«, sagte Fanni.

Danach schwiegen sie beide eine Weile. Durch die angelehnte Zimmertür hörte ich, wie Fanni auf den Balkon trat und sich eine Zigarette anzündete.

»Darf ich auch eine?«, sagte Bob.

»Du hast doch schon vor Jahren aufgehört zu rauchen.«

»Jetzt ist mir aber danach.«

Ich hörte, wie Fanni mit der Zigarettenschachtel raschelte, dann klickte ein Feuerzeug, Bob hustete.

»Ist das jetzt sozusagen eine Friedenspfeife?«, fragte Fanni, und es war ihrer Stimme anzuhören, dass sie dabei lächelte. Fanni sieht unglaublich hübsch aus, wenn sie lächelt. Ich meine, sie sieht immer hübsch aus, aber mit ihrem Lächeln kriegt sie alle. Ich wusste, dass Bob jetzt zurücklächelte.

»Du kannst mich mal«, sagte er.

Dann bekam er einen Hustenanfall. Fanni klopfte ihm auf den Rücken und lachte. Ich zog mir die Decke über den Kopf und machte die Augen zu. Als Bob und Fanni kurz darauf ihre Köpfe in mein Zimmer steckten, tat ich, als würde ich immer noch schlafen. Irgendwann wurden meine Augen tatsächlich wieder schwerer und ich schlief erneut ein.

TAG 14

An dem ein intensives Gespräch im Treppenhaus stattfindet, wir den Feuersteig runterfahren und ich mein Herz aus dem Fenster schmeißen will.

Am nächsten Tag stand ich sehr früh auf, es war noch nicht einmal fünf Uhr, draußen war es sogar noch dunkel. Normalerweise würde ich niemals freiwillig so früh aufstehen, aber ich hatte mehr als zwölf Stunden im Bett verbracht und der Rücken tat mir weh vom vielen Liegen. Außerdem wollte ich aus der Wohnung sein, bevor Bob aufwachte. Mit ihm am Küchentisch zu sitzen und meinen gestrigen Zusammenbruch zu besprechen war ungefähr das Letzte, das ich an diesem Morgen tun wollte. Also zog ich mich leise an, nahm Schlüssel und Skateboard und schlich mich aus der Wohnung. Ich beschloss, die Treppen zu nehmen, was ich sonst eigentlich nie, wirklich nie tue, denn wir wohnen im elften Stock und es dauert ewig, bis man nach unten gelaufen ist. Ich weiß nicht, wieso ich an diesem Morgen nicht den Lift nahm. Ich glaube nicht an Vorsehung und Schicksal und so. Aber es ist doch ein bisschen seltsam, dass ich mich für die Treppe entschied. Als hätte ich irgendwas geahnt.

In unserem Treppenhaus gibt es jeweils zwischen den Stockwerken einen schmalen Absatz, und auf einem dieser Absätze, zwischen dem neunten und dem zehnten Stockwerk, da lag Tom. Er hatte seinen Kopf auf sein Skateboard gelegt und sich notdürftig mit seiner Jacke zugedeckt. So lag er da und schlief, er schnarchte sogar ein bisschen. Ich war so überrascht, als ich ihn sah, dass ich mich kurz an der Wand abstützen musste, um nicht schon wieder umzufallen. Mein Herz galoppierte in meiner Brust, wie ein kleines Rennpferd oder was, es tat beinahe weh, so heftig klopfte es. Was war das denn? Tom? Hier? Seit wann lag er da? Und warum? Hatte er nach mir gesucht? *Ja natürlich hat er nach dir gesucht, dumme Ari. Warum sonst soll er denn hier liegen?*

Ich atmete ein paar Mal tief ein und aus, bis mein Herz sich langsam wieder beruhigte. Dann ging ich in die Knie und hockte mich neben Tom.

»Tom?«, sagte ich und stupste ihn an die Schulter. »Was machst du hier?«

Tom brummte und schmatzte ein paar Mal. Er sah so süß aus dabei, dass ich kichern musste.

»He, Tom, wach mal auf.«

Er brummte noch einmal, dann öffnete er die Augen.

»Oh«, sagte er. »Hey.«

Verknautscht und ein bisschen schwerfällig setzte er sich auf und rieb sich über das Gesicht. Ich weiß, das klingt bescheuert, aber obwohl er total fertig aussah und ziemlichen Mundgeruch hatte, hatte ich ihn noch nie so sexy gefunden wie in diesem Moment. Ich guckte ihn an, und ich konnte nicht anders, ich musste einfach grinsen. *Er ist wegen mir hier, er ist ganz eindeutig wegen mir hier.* Tom erwiderte meinen Blick und grinste ebenfalls.

»Scheiße«, sagte er. »Bin ich fertig.«

»Hast du hier übernachtet, oder was?«, fragte ich.

»Sieht so aus.«

»Wann bist du denn gekommen?«

»Weiß nicht«, sagte Tom. »Vielleicht um elf oder so. Ich hab überlegt, ob ich bei dir klingeln soll. Aber dann hab ich dieses gemütliche Plätzchen hier gefunden.« Er fuhr sich mit der Zunge über die Zähne. »Du hast nicht zufällig was zu trinken und einen Kaugummi für mich, oder?«

»Doch«, sagte ich. »Hab ich zufällig schon.«

Ich holte meine Wasserflasche und eine Packung Kaugummi aus meinem Rucksack.

»Geil«, sagte Tom. Er schraubte die Wasserflasche auf und trank sie in ein paar Zügen fast komplett leer.

»Du hättest mich ja auch anrufen können«, sagte ich. »Oder mir schreiben. Anstatt hier im Treppenhaus zu übernachten. Wieso hast du nicht einfach angerufen?«

»Mein Akku war leer«, sagte Tom. »Ich war gar nicht mehr zu Hause seit der Freibadaktion.«

»Hä?«, sagte ich. »Was hast du denn die ganze Zeit gemacht?«

»Weiß nicht«, sagte Tom und steckte sich zwei Kaugummis auf einmal in den Mund. »In der Nacht vorgestern war ich bis drei oder vier bei Milad, und seitdem bin ich einfach rumgelaufen.«

»Rumgelaufen? Die ganze Nacht und den ganzen Tag?«

»Irgendwann hab ich schon ein bisschen geschlafen, in so einem Bushaltestellenhäuschen und später nochmal in einem Maisfeld.«

»Wieso bist du nicht nach Hause gegangen?«

Tom gab mir die Wasserflasche und die Kaugummis zurück, und ich steckte beides wieder in meinem Rucksack. Tom sah mir dabei zu, dann setzte er sich mit dem Rücken an die Wand und schloss die Augen.

»Wieso bist du nicht nach Hause gegangen?«, wiederholte ich.

»Keine Ahnung«, sagte Tom, ohne die Augen zu öffnen. »Ich mache manchmal Sachen, die ich selbst nicht verstehe.«

»Aha«, sagte ich.

»Ich mache ziemlich oft Sachen, die ich nicht verstehe, ehrlich gesagt«, fügte Tom nach einer kurzen Pause hinzu. »Aber ich kann nicht aufhören, ich mache es trotzdem. Warum bin ich mit Leyla zusammengekommen? Ich meine, sie ist nett, aber sie interessiert mich überhaupt nicht. Warum mache ich das?«

»Hast du schon mit ihr geredet?«, fragte ich.

»Nee«, sagte Tom. »Ich hab's nicht geschafft.«

»Hm«, machte ich. Ich dachte daran, wie ich Leyla vor Toms Haus getroffen hatte. Wie traurig sie gewesen war. Irgendwas hatte sich seit dieser Begegnung verändert. Wie ich über Leyla dachte, meine ich. Es war nicht so, dass ich sie plötzlich gut leiden konnte. Aber ich schaffte es auch nicht mehr, sie für eine blöde Kuh zu halten. Und irgendwie stimmte es, was Mats vorletzte Nacht gesagt hatte. Mädchen zu sein war eh oft schon schwierig genug. Wenn wir uns auch noch gegenseitig fertigmachten, wurde es noch viel schwieriger.

»Du solltest wirklich mit ihr reden«, sagte ich. »Alles andere ist einfach unfair.«

»Ich weiß«, sagte Tom.

Wir schwiegen einen Moment lang. Tom kaute Kaugummi und schmatzte leise. Das Haus war vollkommen ruhig, die Leute schienen alle noch zu schlafen.

»Ich hasse es«, sagte Tom leise. »Ich bin immer der Arsch, der Leute verletzt und enttäuscht. Ich verletze und enttäusche alle Menschen, die mit mir zu tun haben. Das ist das, was ich kann. Verletzen und enttäuschen, meine Masterdisziplin.«

»Ah, komm schon«, sagte ich. »Das ist bisschen übertrieben, nicht?«

Tom sah mich kurz von der Seite an.

»Du weißt, dass mein Vater nicht bei einem Unfall gestorben ist, oder?«, fragte er.

»Ja«, sagte ich. »Deine Mutter hat es mir erzählt.«

Tom nickte. Dann nahm er den Kaugummi aus seinem Mund und fing an, ihn mit den Fingern zu kneten.

»Zwei Tage bevor er gestorben ist, hatte ich einen Contest«, sagte er. »Ich wollte, dass mein Vater kommt, es war ein wichtiger Contest. Aber er ist nicht gekommen. Er hat es nicht geschafft, hat er gesagt. Er hat überhaupt nichts mehr geschafft, schon seit Jahren nicht mehr. Ich weiß nicht mehr, wann genau das angefangen hat. Aber irgendwann hat er aufgehört, aus dem Haus zu gehen. Er hat nur noch in seinem Zimmer gesessen und hat ferngesehen. Alles andere war ihm zu viel. Manchmal hat er es nicht mal geschafft, mit meiner Mutter und mir zu essen. Meine Mutter hat gesagt, er ist krank. Sie hat gesagt, wir müssen Geduld haben. Aber ich war so wütend und enttäuscht, dass er nicht zu meinem Contest gekommen ist. Ich bin Zweiter geworden, und ich hab gedacht, wenn er da gewesen wäre, dann hätte ich gewonnen. Ich bin in sein Zimmer gerannt und hab ihn angeschrien, ich hab ihn so angeschrien, Ari, ich hab noch nie in meinem Leben jemanden so angeschrien. Er hat nur dagesessen und mich angeguckt, er kam mir so klein vor und so schwach, und das hat mich nur noch wütender gemacht. Ich hab ihn Loser genannt. *Du bist kein Mann, du bist ein Loser,* hab ich gesagt, *ich will nie so werden wie du.* Und weißt du, was er gesagt hat? *Ja,* hat er gesagt, *das kann ich verstehen.* Zwei Tage später war er tot. Er hat sich erhängt. Am Fenstergitter in seinem Zimmer. Er hat einen Zettel an die Tür geklebt. *Tom, bitte komm nicht in dieses Zimmer, es tut mir leid,* hat er darauf geschrieben. Natürlich bin ich trotzdem reingegangen. Er hat sein Bett gemacht, das ist mir aufgefallen, das Kissen, die Decke, ganz ordentlich zusammengelegt. Ich glaub, ich hab minutenlang nur auf dieses Bett gestarrt, hab einfach dagestanden und hab das Bett angeschaut. Ich hab es nicht kapiert, Ari, mein Gehirn hat einfach nicht mitgemacht.«

»Scheiße«, sagte ich. Mehr fiel mir erstmal nicht ein. Wir saßen nebeneinander und sahen auf die gegenüberliegende Wand, die, wie das ganze Treppenhaus, irgendwann vor 30 Jahren mal in einer senfgelben Farbe gestrichen worden war. Was garantiert schon damals beschissen ausgesehen hat.

»Wie ich gesagt habe«, sagte Tom, »ich enttäusche Menschen, ich verletze sie, ich schade ihnen. Ich bin ein Arschloch. Du hast das von Anfang an gewusst. Vielleicht hab ich dich deswegen gleich gemocht. Du hast dich nicht täuschen lassen. Alle anderen lassen sich meistens täuschen.«

»Du bist kein Arschloch.«

»Doch«, sagte Tom. »Aber ist ja auch egal. Ich weiß sowieso nicht, warum ich dir das alles erzählt hab.« Er formte den Kaugummi, den er immer noch zwischen seinen Fingern herumknetete, zu einem kleinen Ball und klebte ihn an die Wand. Dann sah er mich an und sagte: »Glaubst du eigentlich, es gibt eine psychologische Begründung dafür, warum euer Treppenhaus in so einer extrem hässlichen Farbe gestrichen worden ist?«

»Keine Ahnung«, sagte ich, verwirrt über diesen Themenwechsel. Ich war immer noch damit beschäftigt, eine Antwort zu formulieren. Ich hätte Tom gerne gesagt, dass es mir leidtat, was mit seinem Vater passiert war, dass er dringend mit jemandem darüber reden musste, jemandem, der oder die sich auskannte, weil das alles viel zu viel war, um alleine damit klarzukommen, dass er kein Arschloch war, weil, weil, keine Ahnung, weil es einfach so war, weil ich meine Meinung in diesem Punkt schon längst geändert hatte, weil ich ihn schon längst angefangen hatte zu mögen, ziemlich sehr zu mögen, dass ich aber nicht genau sagen konnte, warum das so war, dass das einfach ein Gefühl war, dass man Gefühle manchmal nicht beweisen konnte wie eine mathematische Formel oder was. Aber die Worte stauten sich in meinem Kopf und ich kriegte einfach gar nichts heraus.

»Weißt du, was wir jetzt machen sollten?«, fragte Tom.

»Hä?«, sagte ich, immer noch nicht auf der Höhe meiner Kommunikationsfähigkeiten.

»Wir sollten den Feuersteig runterfahren.«

»Was?« Ich sah Tom an. Er schien es ernst zu meinen.

»Das ist genau das, was wir jetzt brauchen. Bisschen Luft im Kopf. Wir fahren da runter und du vergisst einfach, was ich dir erzählt hab.«

»Ich kann das nicht vergessen.«

»Es würde uns trotzdem guttun. Komm schon, Ari. Die anderen haben gesagt, du redest schon seit Jahren davon, dass du das machen willst.«

»Ja«, sagte ich. »Das stimmt. Davon rede ich schon seit Jahren.«

»Und jetzt ist der perfekte Zeitpunkt dafür«, sagte Tom. »Es ist fast noch Nacht. Sonntagmorgen. Wann, wenn nicht jetzt?«

»Da ist was dran«, sagte ich.

»Also, bist du dabei?«

»Okay«, sagte ich und grinste. »Natürlich bin ich dabei.«

»Dann los«, sagte Tom und sprang auf.

Ich rannte ihm hinterher, das Treppenhaus nach unten, immer zwei Stufen auf einmal, aus der Haustür hinaus in die frische Morgenluft. Die Sonne war immer noch nicht aufgegangen, aber es dämmerte bereits. Wir sprangen auf unsere Skateboards und pushten durch die Siedlung bis zur Hauptstraße. Luft im Kopf. Tom hatte recht gehabt. Das war genau das, was ich jetzt brauchte.

***

Um den Feuersteig hinunterzufahren, gab es tatsächlich keinen besseren Zeitpunkt als einen Sonntagmorgen. Ich wunderte mich, warum ich noch nie selbst auf diesen Gedanken gekommen war. Wir standen an der Kreuzung, an der die Siedlungsstraße auf die Hauptstraße biegt, guckten nach links und nach rechts, aber es war kein einziges Auto zu sehen. Trotzdem war die Vorstellung, gleich dort hinunterzufahren, so aufregend, dass es im ganzen Körper kribbelte.

»Maybe this is the day we gonna die«, sagte Tom neben mir. »Irgendwelche letzten Worte?«

»Okay«, sagte ich. »Ich sag dir, wie ich heiße. Aber du darfst nicht lachen.«

Tom guckte mich an. Falls er überrascht war, konnte er das gut verbergen.

»Versprochen«, sagte er.

»Und du darfst es niemandem sagen.«

»Ich schwöre.«

Er hielt seine rechte Hand auf das Herz und die linke zum Schwur in die Luft. Dabei sah er so ernst aus, als würde er einen Eid ablegen.

»Okay.« Ich holte Luft und dann sagte ich es einfach. »Arielle. Ich heiße Arielle. Beziehungsweise, das ist der Name, den meine Mutter mir gegeben hat.«

»Arielle?«, sagte Tom. »So wie Arielle, die Meerjungfrau?«

»Yep.«

»Spannend.«

Ich guckte Tom an, seine Mundwinkel zuckten.

»He, du hast versprochen, dass du nicht lachst.«

»Ich lache gar nicht. Das sind nur so Zuckungen, die ich manchmal habe. Weißt du, so wie Fische, wenn sie an Land sind. Damit kennst du dich doch aus, oder?«

»Du Arsch.«

»Ah, komm schon«, sagte Tom und hielt mir seine Handfläche entgegen. »High Five. Oder wie ich in deinem Fall vielleicht besser sagen sollte: Gib Flosse.«

»Du weißt schon, dass ich dich verprügeln werde, wenn wir unten ankommen?!«

»Falls wir unten ankommen«, sagte Tom. »Die Betonung liegt auf *falls.*« Er sah mich an, und jetzt grinste er nicht mehr. »Ich behalt es für mich, versprochen.«

»Danke«, sagte ich.

»Ari passt besser zu dir.«

»Ich weiß.«

»Aber der Name ist trotzdem irgendwie schön.«

»Na ja.«

»Doch«, sagte Tom. »Nur der Name. *Arielle.* Klingt doch schön.« Er hörte immer noch nicht auf, mich anzugucken, es war mir unangenehm. Oder vielleicht war es mir auch nicht unangenehm, keine Ahnung, es machte mich jedenfalls noch kribbeliger, als ich es sowieso schon war.

»Whatever«, sagte ich. »Fahren wir jetzt endlich diesen Berg runter, oder was?«

»Natürlich«, sagte Tom.

»Na dann«, sagte ich. »Viel Glück.«

»Dir auch.«

Ich pushte zweimal und fuhr mit dem Skateboard hinaus auf die Hauptstraße. Sofort wurde ich schneller, denn der Feuersteig hatte an dieser Stelle bereits eine ziemlich heftige Steigung. Ich musste schon nach ein paar Metern den ersten Powerslide machen, um abzubremsen und die Kontrolle nicht zu verlieren. Die Räder quietschten laut auf dem Asphalt, als ich das Board quer zur Fahrbahn zog und mehrere Meter nach vorne rutschte. Ich zog das Brett wieder in Fahrtrichtung und ließ es laufen, aber schon ein paar Sekunden später musste ich erneut abbremsen. Der Feuersteig war unfassbar steil, und ich wusste, ich durfte keine Sekunde lang unaufmerksam sein. Eine falsche Bewegung und es würde mich legen. Und wie ein Sturz bei so einem Tempo aussehen würde, wollte ich mir nicht mal vorstellen. Tom war dicht hinter mir, ich hörte das schleifende und quietschende Geräusch seiner Räder, wenn er das Board quer zog und einen Powerslide machte. Wir arbeiteten wie die Wahnsinnigen, ziehen, bremsen, fahren, ziehen, bremsen, fahren, das Board vibrierte und wackelte unter den Füßen, die Knie gebeugt, Spannung im ganzen Körper, die Sinne so scharf wie vielleicht noch nie. An manchen Stellen war die Fahrbahn in ziemlich schlechtem Zustand, und wir mussten höllisch aufpassen, nicht in ein Asphaltloch hineinzurasen. Besonders sorgfältig mussten wir auch in die Kurven fahren, eine zu zögerliche Bewegung, und wir würden die Kontrolle verlieren und in die Leitplanke krachen. Vor allem aber durften wir keine Angst haben, einfach keine Angst haben, das war die einzige Möglichkeit, heil hier runterzukommen. Den Kopf nicht einschalten, dem Körper vertrauen, ziehen, bremsen, fahren, ziehen, bremsen, fahren, die Räder auf dem Asphalt, der Wind in den Haaren, die Umgebung an uns vorbeiziehend wie ein Film, Bäume, Häuser, Strommasten, Straßenlaternen, weiter unten die Stadt in der Morgendämmerung. Kein Auto kam uns entgegen oder überholte uns, kein einziges, wir waren ganz alleine auf dieser Straße, es gab nur uns und unsere Geräusche, die wir in diesen Sonntagmorgen ballerten. *Hier kommen Ari und Tom. Wir fahren den Feuersteig runter. Wir tun es wirklich. Hier kommen wir. Wir kommen.* Ein Rausch, es war ein Rausch, anders kann ich es nicht beschreiben. Es war die absolute Gegenwart. Und wir, wir waren mittendrin, wie Tiere, wach und lebendig und stark, mit unseren Körpern, die so genau wussten, was sie taten, die keine Fehler machten und die keine Angst hatten, die ewig hätten weiterfahren können – ziehen, bremsen, fahren, ziehen, bremsen, fahren, bis ans Ende unserer Tage, es sollte niemals aufhören, so musste es sein, das Leben, genau so und kein bisschen anders. *Hört ihr uns? Hört ihr, wie laut wir sind? Wir sind schneller und lauter als ihr es jemals wart, hört ihr das? Das sind wir. Wir kommeeeeeeen!* Aber bald schon, viel zu bald wurde die Straße flacher und wir fuhren in die Stadt rein, rollten langsamer und immer langsamer, bis wir die Kreuzung erreichten, an der die Feuersteig-Straße in eine andere

Hauptstraße mündet, ein letzter Powerslide, das Board stand still, Toms quietschende Räder hinter mir, ich drehte mich um, er strahlte, strahlte mich an, und ich strahlte zurück.

»O mein Gott!«, schrie Tom. »Das war so geil!«

»Fuck, ja!«, schrie ich. »Das Allergeilste!«

Wir fielen uns in die Arme, standen mitten auf der Straße und umarmten uns, jubelten und schrien und ließen uns nicht los. Und dann, dann hörten wir auf zu schreien und zu jubeln, aber los ließen wir uns immer noch nicht, und mit einem Mal veränderte sich die Art und Weise, wie wir uns umarmten. Wer damit angefangen hat, konnte ich hinterher nicht mehr sagen, aber ich spürte Toms Hände auf meinem Rücken, und ich merkte, wie ich mich an ihn drückte, mein Gesicht in der Kuhle an seinem Hals, sein Atem an meinem Ohr, es passierte einfach irgendwie, es fühlte sich natürlich an, wie etwas, das jetzt passieren musste, über das wir gar nicht nachdenken durften, und dann war mein Mund auf seinem, wir saugten uns fest, seine Zunge, die meine suchte, und meine, die antwortete, wir küssten uns, als würden wir ertrinken im anderen, als würden wir uns ineinander hinein küssen wollen, wir hielten uns fest, so fest, ganz eng, und es fühlte sich so unfassbar schön an, noch nie in meinem Leben hatte ich so etwas Schönes erlebt. *Ich fliege,* dachte ich, *ich fliege gleich einfach davon.*

Irgendwann hupte ein Auto hinter uns. Tom ließ mich erschrocken los und lief von der Straße. Ich nahm mein Skateboard und folgte ihm. Tom stand mit seinem Skateboard unter dem Arm auf dem Bordstein und sah an mir vorbei die Straße entlang. Sein Gesicht wirkte plötzlich vollkommen verschlossen, beinahe unfreundlich.

»Es tut mir leid, Ari«, sagte er leise. »Das wollte ich nicht. Es war einfach … die Abfahrt, der Berg, Adrenalin, scheiße, es tut mir leid.«

»Muss dir doch nicht leidtun«, sagte ich. »Ich hab genauso mitgemacht wie du.«

»Du bist so cool«, sagte Tom, noch immer ohne mich anzusehen. »Du hast das nicht verdient. Ich schwöre, es kommt nicht wieder vor. Vergiss das einfach. Vergiss alles. Vergiss den ganzen Morgen, okay? Das ist einfach nie passiert.«

»Doch natürlich ist es passiert!«, rief ich. »Jetzt hör einfach mal auf damit. Du hast in meinem Treppenhaus übernachtet und mir krasse Sachen erzählt, und wir sind den Feuersteig runtergefahren, und gerade eben haben wir uns geküsst und das war unglaublich schön. Das ist alles passiert. In echt, kapierst du? Ich kann das nicht vergessen. Und ich will das auch gar nicht vergessen. Weil weißt du was? Ich hab mich in dich verknallt.«

Tom guckte mich an, er sah so erschrocken aus, als hätte ich ihm einen Eimer kaltes Wasser ins Gesicht geschüttet.

»Hast du nicht«, sagte er.

»Doch, stell dir vor«, sagte ich und bemühte mich, seinem Blick nicht auszuweichen. »Glaub mir, ich fänd's auch besser, wenn's anders wär. Du bist noch mit Leyla zusammen. Wir sind eigentlich Freunde. Aber ich find dich gut, mehr als gut. Ich hab Herzklopfen, wenn ich dich sehe. Ich kann nichts dagegen machen. Ich hab diese Gefühle einfach.«

»Ich will das nicht hören«, sagte Tom und hielt sich die Hände auf die Ohren. »Ich will das nicht hören, okay?! Ich werd jetzt nach Hause gehen, und das alles ist einfach nie passiert.«

»Äh … hallo?«, sagte ich und sah einigermaßen fassungslos dabei zu, wie er sich umdrehte und mit seinem Board davonfuhr. Es war beinahe nicht zu glauben, aber er ließ mich einfach stehen. Nach allem, was an diesem Morgen passiert war. Ich weiß nicht, ob ich mit irgendwas gerechnet hatte. Aber damit ganz sicher nicht.

»Ja toll«, rief ich ihm nach, »hau doch ab, du Feigling! Das ist die beste Strategie überhaupt. Herzlichen Glückwunsch!«

Tom zögerte nicht einmal. Er fuhr um die Ecke, und dann war er tatsächlich weg. Ich sah ihm nach, und meine Brust war so eng, dass ich fast nicht mehr atmen konnte.

»Arschloch!«, schrie ich, und dann fing ich an zu heulen. Die Tränen kamen einfach, und ich hatte keine Kraft, mich dagegen zu wehren. Tom hatte mich sitzenlassen. Wie ein Haustier, das ihm lästig geworden war oder was. Ich fühlte mich so gedemütigt, ich glaube, ich hatte mich noch nie so gedemütigt gefühlt. Wie ausgespuckt stand ich dort am Straßenrand und guckte in die Richtung, in der Tom verschwunden war. Ich hatte keine Ahnung, was ich jetzt tun sollte, also setzte ich mich auf mein Skateboard und heulte. Ich hatte seit Jahren nicht mehr richtig geheult, und jetzt heulte ich schon den zweiten Tag in Folge. Verliebtsein war ja wohl das absolut Schrecklichste, das einem passieren konnte.

Plötzlich hielt ein Auto neben mir und eine Frau kurbelte die Scheibe herunter.

»Hey, Mädchen, ist alles in Ordnung bei dir?«, fragte sie.

Unter Tränen guckte ich sie an und schüttelte den Kopf. Nee, bei mir war nichts mehr in Ordnung, gar nichts mehr.

»Bist du umgefallen?«, fragte die Frau und zeigte auf mein Skateboard. »Tut es dir irgendwo weh?«

Ich nickte. Es tat mir überall weh, im ganzen Körper, vor allem in der Brust. Ich hatte nicht gewusst, dass es solche Schmerzen überhaupt gab. Wie konnte es sein, dass ein einziger Mensch einem so wehtun konnte? Nur mit Dingen, die er tat oder sagte?

»Ich kann dich nach Hause fahren, wenn du willst«, sagte die Frau. »Wo wohnst du denn?«

»Feuerberg«, brachte ich schluchzend heraus und deutete den Berg nach oben.

»Na, dann steig ein«, sagte die Frau. »Ich muss sowieso in die Richtung.«

Heulend rappelte ich mich auf und öffnete die Beifahrertür. Die Frau lächelte und gab mir eine Packung Taschentücher. Dann startete sie den Wagen, und wir fuhren aus der Stadt Richtung Siedlung. Ich sah aus dem Fenster und langsam beruhigte ich mich ein bisschen. Die Frau lenkte ihren Wagen hochkonzentriert in die Kurven des Feuersteigs, und ich dachte, wie viel Glück wir gehabt hatten, dass wir bei unserer Abfahrt keinem einzigen Auto begegnet waren. Die Straße war unglaublich eng, ich sah erst jetzt, *wie* eng. Und ich wusste ja jetzt auch, dass man vor allem nach den Kurven ziemlich oft auf die Gegenfahrbahn geriet, wenn man dort hinunterfuhr, das war unvermeidbar, die Straße war einfach zu schmal. Wäre uns da zum falschen Zeitpunkt ein Auto entgegengekommen, dann Ciao-Kakao, Adieu schöne Welt. Die anderen hatten schon recht, wenn sie sagten, dass es vollkommen lebensmüde war, den Feuersteig runterzufahren. Trotzdem hatte ich es getan. Und auch wenn mein Herz mir gerade so wehtat, dass ich es am liebsten aus dem Fenster geschmissen hätte, freute ich mich doch ein bisschen auf die dummen Gesichter, die Yasin, Teddy und Lou machen würden, wenn ich ihnen davon erzählte.

»Wie heißt du denn?«, fragte die Frau, als ich mir die Nase geputzt und mich zumindest so weit beruhigt hatte, dass ich nicht mehr Rotz und Wasser heulte.

»Ari«, antwortete ich.

»Ari? Ist das eine Abkürzung für Ariana?«

»Nee«, sagte ich. »Für Arielle.«

Ich hatte keine Lust zu lügen, und es war ja auch total egal. Ich würde diese Frau mit ziemlicher Sicherheit nie wiedersehen.

»Arielle«, sagte die Frau. »Was für ein schöner Name.«

»Wenn man auf Disneykitsch steht, ja.«

»Ach so«, sagte die Frau und lachte. »Ich hab jetzt eher an Shakespeare gedacht. Ich bin Deutschlehrerin, ist vielleicht eine Berufskrankheit.«

»Shakespeare?«

»Shakespeare, berühmter englischer Dramatiker? Hat zum Beispiel *Romeo und Julia* geschrieben. Oder *Hamlet*. Noch nie gehört?«

»Doch eh«, sagte ich. »Shakespeare. Schon klar. Aber was hat das mit meinem Namen zu tun?«

»Es gibt ein Stück von Shakespeare, das heißt *Der Sturm*, und darin geht es unter anderem um einen Luftgeist namens Ariel«, sagte die Frau. *»Ich trink im Flug die Luft und bin zurück, eh zweimal euer Puls schlägt.«* Sie machte eine leicht dramatische Geste mit ihrer Hand, als sie diesen Satz zitierte, aber es gefiel mir trotzdem.

»Ich trink im Flug die Luft«, wiederholte ich. »Das klingt schön.«

»Ariel kommt ziemlich oft vor in der Literatur«, sagte die Frau. »Bei Goethe zum Beispiel auch. In jüdisch-christlichen Texten ist er ein Engel, in anderen Texten ein Elementargeist, der über Feuer und Luft herrscht, manchmal auch über das Wasser und die Erde. Müsste ich jetzt aber alles nochmal genauer nachlesen. *Ari* bedeutet *Löwe* auf Hebräisch, soweit ich weiß. Im Kurdischen gibt es den Namen auch, ich glaube, da bedeutet er sogar irgendwas mit Feuer. Und *elle* heißt auf Französisch sie. Man könnte sagen, dein Name bedeutet so etwas wie *Löwenmädchen*. Das Löwenmädchen vom Feuerberg. Jedenfalls hab ich nicht an Disney gedacht.«

Sie setzte den Blinker und fuhr von der Hauptstraße ab auf die Straße, die in unsere Siedlung führte.

»Wo genau wohnst du?«, fragte sie.

»Da vorne«, sagte ich und zeigte wahllos auf eines der ersten Häuser der Siedlung. Ich wollte noch nicht nach Hause, Bob würde mich garantiert nicht in Ruhe lassen, wenn er mich so sah, vollkommen verheult an einem Sonntagmorgen. Ich beschloss, zu Teddy zu gehen. Die Frau hielt mit laufendem Motor am Straßenrand.

»Soll ich noch mit hochkommen und mit deinen Eltern reden?«, fragte sie.

»Nee«, sagte ich. »Ist schon okay. Vielen Dank fürs Mitnehmen.«

»Kein Problem«, sagte die Frau. »Mach's gut, Löwenmädchen.«

Ich klappte die Beifahrertür zu und winkte ihr nach, während sie das Auto wendete und zurück auf die Hauptstraße fuhr.

***

»Nicht dein Ernst«, sagte Teddy. »Ihr seid wirklich den Feuersteig runtergefahren?«

»Ich schwöre«, sagte ich und hob zwei Finger in die Luft.

»Krass«, sagte Teddy und goss heißes Wasser aus dem Wasserkocher in zwei Tassen, die er auf seinem kleinen Küchentisch bereit gestellt hatte. »Ich muss sagen, mein Respekt für dich steigt gerade in ungeahnte neue Höhen.«

»Danke«, sagte ich und rührte zwei Löffel Instantkaffeepulver in meine Tasse.

»Und wie war's?«, fragte Teddy. »Erzähl doch mal.«

»Es war der Hammer.«

»Und weiter?«

»Weiter was? Es war einfach der Hammer.«

»Du siehst nicht so aus, als wär's der Hammer gewesen.«

»Seh ich nicht?«

»Nee, siehst du nicht.«

»Wie seh ich denn dann aus?«

»Bisschen down siehst du aus irgendwie.«

»Ich bin einfach müde.«

»Aha«, sagte Teddy und lehnte sich auf seinem Stuhl zurück. Er pustete in seine Kaffeetasse und ließ mich dabei nicht aus den Augen. »Seit wann hängst du eigentlich mit Tom ab?«

»Mach ich doch gar nicht.«

»Aha«, machte Teddy noch einmal. »Reiner Zufall also, dass ihr euch sonntagmorgens um fünf in der Siedlung trefft und beschließt: *Hey, wir könnten ja den Feuersteig runterfahren, gute Idee, ja, wieso nicht, wenn wir schon mal beide hier sind, sonntagmorgens um fünf Uhr, so ganz zufällig.*«

Ich trank einen Schluck Kaffee und antwortete nicht. Ich spürte, dass mir schon wieder die Tränen in die Augen stiegen, und kämpfte mit aller Kraft dagegen an. Aber Teddy sah es trotzdem.

»Hey«, sagte er und beugte sich über den Tisch. »Hab ich was Falsches gesagt?«

»Nee«, sagte ich und wischte mit dem Pulloverärmel über mein Gesicht. »Scheiße, ist das peinlich.«

»Was ist peinlich?«

»Dass ich in deiner Küche sitze und heule.«

»Das ist doch nicht peinlich.«

»Ist es doch.«

»Hör mal, Ari. Wir kennen uns quasi, seit wir in die Windeln gemacht haben. Du kannst so oft und so lange in meiner Küche sitzen und heulen, wie du willst, ich würde nie denken, dass du deswegen peinlich bist oder so. Okay?«

»Okay«, sagte ich und nickte und dann heulte ich richtig los.

»Hey, hey«, machte Teddy und zog seinen Stuhl um den Tisch, sodass er neben mir sitzen und den Arm um meine Schulter legen konnte. »Was ist denn los mit dir?«

»Scheiß Gefühle«, sagte ich. »Ich hasse Gefühle. Wieso hat man sowas? Das braucht doch niemand. Ich will, dass das aufhört. Wie macht man, dass das aufhört?«

»Haste dich verknallt?«

Ich nickte.

»In Tom, oder was?«

Ich nickte erneut.

»Scheiße«, sagte Teddy. »Ausgerechnet.«

»Ja«, heulte ich. »Das kannst du laut sagen.«

Ich putzte mir dir Nase, mit dem Taschentuch, das die Deutschlehrerin mir gegeben hatte, es war mittlerweile vollkommen durchnässt.

»Wir haben uns geküsst«, sagte ich. »Nachdem wir den Feuersteig runtergefahren sind. Und dann ist er einfach abgehauen. Er hat mich einfach stehen lassen. Ich versteh das nicht. Es war so schön. Wieso war es denn so schön? Wie kann etwas so schön sein und im nächsten Moment so schlimm? Das passt doch nicht zusammen?«

Teddy sagte nichts, er zog mich nur noch ein bisschen näher zu sich heran. Ich legte meinen Kopf auf seine Schulter, und einen Moment lang saßen wir einfach so da. Teddys Schulter war weich und roch nach Axe-Deo und ein bisschen nach Schweiß, aber nicht unangenehm.

»Warst du eigentlich schon mal in jemanden verknallt?«, fragte ich.

»Wieso?«, fragte Teddy zurück.

»Einfach so«, sagte ich. »Ich weiß das gar nicht.«

»Nee, ich glaub nicht«, sagte Teddy und ich merkte, ohne ihn anzusehen, dass er rot im Gesicht wurde.

»Aber um mich geht's ja jetzt auch nicht«, schob er nach und zog mit der freien Hand sein Handy aus seiner Hosentasche. »Jetzt kümmern wir uns erstmal um dich, okay? Das wird schon alles wieder.«

»Wie denn?«, fragte ich und heulte schon wieder los. »Wie soll das denn wieder werden?«

»Ich schreib mal Lou und Yasin und dann sehen wir weiter«, sagte Teddy, während er auf seinem Handy herumtippte. »Uns fällt schon was ein. Und wenn nicht, dann fällt uns immerhin zu viert nichts ein.«

Ich nickte und putzte mir noch einmal die Nase.

»Teddy?«, sagte ich.

»Hm?«, machte Teddy.

»Ich hab dich lieb.«

»Ja«, sagte Teddy. »Ich dich doch auch.«

Ich hatte das Gefühl, dass er schon wieder rot wurde. Aber sicher war ich mir nicht.

»Siehst du, Lou und Yasin haben schon zurückgeschrieben«, sagte er nach einem Blick auf sein Handy. »Sie sind in fünf Minuten hier. Wir haben dich alle lieb. Und Bob ist auch noch da. Wir passen auf dich auf, okay? Wir passen alle auf dich auf. Du bist auf keinen Fall alleine, ist das okay?«

»Ja«, sagte ich. »Natürlich ist das okay. Das ist sogar viel mehr als okay.«

Und obwohl ich immer noch nicht aufhören konnte zu heulen, musste ich doch auch ein bisschen lächeln.

Tja.
Und das war's.
Ich hab ja gesagt, es gibt kein Happy End.

Das alles ist jetzt schon fast eineinhalb Monate her. Seitdem habe ich Tom nicht mehr gesehen. Niemand hat ihn seitdem gesehen. Er ist an dem Morgen, an dem ich mit ihm den Feuersteig runtergefahren bin, verschwunden und nicht mehr aufgetaucht. Weder im Park noch sonst irgendwo in der Stadt. Von Leyla weiß ich, dass er ihr eine Sprachnachricht geschickt hat, in der er sich bei ihr entschuldigt und gleichzeitig mit ihr Schluss gemacht hat. Sie hat mir die Nachricht vorgespielt. Sie besteht aus sieben Sätzen. *Hey Leyla, es tut mir leid, aber ich will nicht mehr mit dir zusammen sein. Ich wollte eigentlich nie mit dir zusammen sein. Es ist einfach irgendwie passiert. Du hast was Besseres verdient und wirst das ganz bestimmt auch finden. Ich wollte es dir persönlich sagen, aber ich schaffe das im Moment nicht. Sorry nochmal und alles Gute.*

Kein Wort darüber, wohin er gegangen ist. Er ist einfach weg. Und niemand von uns weiß, wo er sein könnte. Teddy war bei ihm zu Hause und hat seine Mutter nach ihm gefragt. Aber sie hat nur den Kopf geschüttelt und gesagt, dass sie Tom versprochen hat, nicht darüber zu reden. Es ist alles ein bisschen rätselhaft, fast wie ein Kriminalfall. Wenn ich nicht so unfassbar traurig wäre, würde es mir vielleicht sogar Spaß machen, darüber nachzudenken. Im Park gibt es das Gerücht, dass er in eine größere Stadt gezogen ist, weil es ihm hier zu kleinstadtmäßig war. Fussel hat behauptet, dass er Tom in einer Instastory von einem Skater gesehen hat, der in Frankfurt lebt, seitdem glauben die meisten, dass Tom nach Frankfurt gezogen ist. Aber ich glaube das nicht. Ich weiß nicht wieso, es ist einfach ein Gefühl.

Nachdem Tom zehn Tage verschwunden war, habe ich es nicht mehr ausgehalten und habe ihn angerufen. Mein Herz ist fast explodiert, als ich seine Nummer in meinem Telefonbuch angeklickt habe. Aber es war sofort die Mailbox dran. Ich habe es seitdem noch fünf oder sechs Mal probiert, es war immer sofort die Mailbox dran. Entweder ich habe zufällig immer genau dann angerufen, wenn Tom keinen Akku mehr hatte. Oder er drückt mich einfach immer gleich weg. Weil verloren hat er sein Handy nicht. Vor ein paar Tagen habe ich ihm eine Nachricht auf WhatsApp geschrieben, und sie wurde zugestellt. Was bedeutet, dass er auf jeden Fall mal online war. Was aber leider auch bedeutet, dass er keinen Kontakt mit mir haben will. Ich sollte das akzeptieren, ich sollte es einfach akzeptieren. Aber es ist so schwer. Meine Gedanken drehen sich fast ununterbrochen nur um Tom. Immer wieder gehe ich alles durch, vor allem die letzte Begegnung, unsere Abfahrt den Feuersteig runter, der Kuss, seine Reaktion, wie er weggelaufen ist. Und ich verstehe es nicht. Ich verstehe es einfach nicht. Es war gut, das alles mal aufzuschreiben, aber viel schlauer bin ich dadurch nicht geworden. Und auch nicht weniger traurig. Skaten ist das Einzige, das hilft. Wie immer. Allerdings nur, solange ich auf dem Brett stehe. Sobald ich mich hinsetze (oder noch schlimmer: sobald ich abends in meinem Bett liege), geht es wieder los. Ich heule so viel, ich glaube, wenn ich mal fertig damit bin, habe ich genug geheult für die nächsten 20 Jahre. Bob sagt, ich kann heulen so viel ich will, ich hätte auch allen Grund dazu. Lou, Yasin und Teddy sagen das auch. Sie sind wirklich süß zu mir. Ständig denken sie sich irgendwelche Sachen aus, um mich auf andere Gedanken zu bringen. Letztes Wochenende, als es wieder mal geregnet hat, hat Bob sich den VW-Bus von einem Freund geliehen, und wir sind alle zusammen in eine Skatehalle gefahren, die ungefähr eineinhalb Autostunden entfernt ist. Wir haben sogar dort übernachtet, Bob im Zelt und wir in dem VW-Bus. Es war nicht gerade eine Luxusreise, aber doch sowas wie ein kleiner Urlaub.

Fanni ist vor zwei Wochen in eine kleine Wohnung direkt am Marktplatz gezogen und hat angefangen, in der Drogerie zu arbeiten. Ich habe sie schon ein paar Mal besucht, und wir haben Kaffee getrunken. Sie ist ziemlich aufgeregt und überlegt stundenlang, welche Möbel sie kaufen soll und wie sie die Bilder an der Wand anordnen soll. Ihre Therapeutin sagt, sie soll es langsam angehen, einen Schritt nach dem anderen. Routine und Stabilität ist für Fanni viel wichtiger als für psychisch gesunde Menschen. Das hat mit irgendwelchen biochemischen Prozessen zu tun. Fanni kann ihre Gefühle nicht so gut regulieren wie andere Leute, sie sagt, bevor sie angefangen hat, in der Therapie daran zu arbeiten, sind ihre Gefühle und Gedankengänge manchmal so außer Kontrolle geraten, dass sie davon überrollt wurde wie von einer Tsunamiwelle. In der Therapie lernt sie Strategien, damit das nicht passiert. Das Absurdeste finde ich die Chilischote, die Fanni immer in ihrer Handtasche mit sich herumträgt. Sie sagt, im absoluten Notfall könnte sie darauf herumbeißen und ihr Körper wäre dann so beschäftigt mit dem Schmerz in der Mundhöhle, dass er sich um nichts anderes kümmern könnte, auch nicht darum, schwierige Gefühle oder Gedankengänge zu einer Tsunamiwelle aufzublasen. Ich habe Fanni noch nie auf der Chilischote herumbeißen sehen, überhaupt glaube ich, dass sie es ganz okay macht. *Okay* im Fanni-Maßstab. Sie ist immer noch ziemlich drüber und anstrengend und sie redet so viel, dass du Kopfschmerzen kriegst, wenn du länger als zwei Stunden mit ihr verbringst. Aber manchmal ist sie auch still und hört mir zu. Und ich glaube, sie tut nicht nur so. Ich glaube, sie hört wirklich zu. Bob will im Moment immer noch nichts mit Fanni zu tun haben, aber als ich gestern bei ihr war und ihm hinterher erzählt habe, dass sie ihre Schlafzimmerwand pink gestrichen hat, hat er gelächelt und gesagt: »Manche Dinge ändern sich nie. Andere ja vielleicht schon. Wer weiß.«

Und ja, da hat er schon irgendwie recht. Ich meine, es ist Fanni. Man kann nie wissen, was da noch alles kommt.

Jetzt sitze ich an meinem Schreibtisch, es ist früh am Morgen, und während ich diese Zeilen schreibe, geht gerade die Sonne auf. Der Frühling ist endlich da und bald kommt der Sommer, das kann man richtig spüren. Später werde ich in den Park gehen und skaten, bis ich umfalle vor Müdigkeit. Ich werde einfach tun, was ich immer tue, und irgendwann wird es wieder besser werden, da bin ich mir sicher, auch wenn –

Oh. Gerade war Bob in meinem Zimmer und hat mir einen Brief gegeben, der in der Post war. Auf dem Umschlag steht die Adresse der psychiatrischen Klinik, die hier in der Nähe ist. Von Fanni kann der Brief nicht sein, ich habe sie ja gestern erst gesehen. Der Brief liegt vor mir auf dem Schreibtisch, und irgendwas in mir weigert sich, ihn zu öffnen. Meine Hände zittern richtig. Fuck, okay. Ich mache ihn jetzt auf.

Hey Ari,

es tut mir leid, dass ich so lange gebraucht hab, mich bei dir zu melden. Ich hab es einfach nicht früher auf die Reihe gekriegt. Wie du vielleicht schon auf dem Briefumschlag gesehen hast, schreibe ich dir aus der Psychiatrie. Ich bin hier seit knapp sechs Wochen und werd nochmal mindestens so lange bleiben. Wenn ich es schaffe. Ich war schon ein paar Mal kurz davor, abzuhauen. Gut hier ist: manche Leute, die Parkanlage, das Essen. Ich fresse so viel, ich krieg wahrscheinlich nicht mal mehr einen Ollie zustande, wenn ich hier raus bin.

Ich weiß nicht, ob es was bringt, dass ich hier bin. Aber ich kann einfach nicht mehr. Ich hab euch erzählt, dass mein Vater noch nicht lange tot ist, weil ich gedacht habe, wenn einer, der erst vor Kurzem seinen Vater verloren hat, mal die Fassung verliert, dann ist das total verständlich. Aber nach zwei Jahren sollte man langsam mal wieder klarkommen. Hab ich gedacht. Die Wahrheit ist, ich bin überhaupt noch nie klargekommen, seitdem mein Vater gestorben ist.

Meine Mutter dachte, der Umzug ist eine gute Idee. In einer neuen Stadt kann ich neu anfangen, hat sie gedacht. Und ich hab das auch gedacht. Aber man kann nicht neu anfangen, man nimmt sich immer mit, egal wohin man geht. Irgendwie ist es sogar schlimmer geworden in der neuen Stadt. Auf Leylas Party, als ich mit ihr hoch ins Zimmer bin, hab ich auf dem Regal diesen Wecker gesehen, so ein buntes Kinderding, das im Dunklen leuchtet. Mein Vater hat mir den exakt gleichen Wecker geschenkt, als ich in die erste Klasse gekommen bin, er stand jahrelang bei mir auf dem Nachttisch, bis er irgendwann kaputt gegangen ist. Und ich liege mit Leyla im Bett und plötzlich sehe ich diesen Wecker und mir zieht es komplett den Stecker raus, einfach komplett, ich konnte überhaupt nichts dagegen machen. Kannst du dir vorstellen, wie fucking peinlich mir das war? Ein Wecker. Komm mal klar, du Weichei, hab ich gedacht, du flennst wie ein Baby wegen einem Wecker??

Wenn ich drüber nachdenke, war das wahrscheinlich der Moment, an dem es gekippt ist. Ich hab versucht weiterzumachen, hab die Dinge gemacht, die ich immer mache, um mich abzulenken. Aber es hat nicht mehr geholfen. Nicht mal Skaten. Und die Beziehung mit Leyla war auch keine besonders gute Idee.

Meine Therapeutin sagt, dass ich traumatisiert bin. Und dass ich Strategien entwickeln muss, um mit meinen Gefühlen umzugehen. So zu tun, als wären sie nicht da, ist der falsche Weg, sagt sie. Was der richtige Weg ist, kann sie mir allerdings auch nicht sagen. Es ist fucking anstrengend. Seitdem ich angefangen hab, darüber zu sprechen, merke ich WIE VIELE Gefühle ich habe. Und wie unterschiedlich sie sind. Ich bin so unglaublich wütend auf meinen Vater. Weil er sich einfach verpisst hat, weil er sich keine Hilfe geholt hat, weil er nur an sich gedacht hat, weil er mich mit diesem ganzen Scheiß alleine lässt. Gleichzeitig vermisse ich ihn wahnsinnig. Ich vermisse ihn so sehr, dass es im ganzen Körper wehtut. Ständig fallen mir Sachen ein, die wir zusammen gemacht haben. Wie er mir das Schwimmen beigebracht hat zum Beispiel. Es gab einen See bei uns in der Nähe, da sind wir mit dem Fahrrad hingefahren. Er ist vom Ufer aus in den See gegangen, jeden Tag ein Stück weiter, und hat gesagt, ich soll zu ihm schwimmen. Ich erinnere mich ganz genau an das Gefühl, das ich hatte, wenn ich bei ihm angekommen bin, wie er mich aus dem Wasser gehoben und in seine Arme genommen hat. Er war so groß und so stark. Er war auch ein richtig guter Skater, er hat mir fast alles beigebracht. Irgendwann war ich besser als er, aber das war später, da war er schon depressiv und ist sowieso kaum noch gefahren. Wenn ich die Zeit zurückdrehen könnte, dann würde ich ihn dazu zwingen, sich Hilfe zu holen. Ihm hätte geholfen werden können. Das ist vielleicht das, was am meisten wehtut. Dass es Möglichkeiten gegeben hätte. Dass alles ganz anders hätte laufen können. Ich bin auch enttäuscht von mir selbst. So wahnsinnig enttäuscht. Ich fühle mich schuldig. Und ohnmächtig. Es ist so viel, Ari. Als hätte ich das Tor zu einer Hölle aufgemacht, so kommt es mir manchmal vor. Aber fuck, diese Hölle ist mein Leben. Und es gibt auch schöne Dinge in dieser Hölle. Dich zum Beispiel. Du bist der einzige Mensch, den ich gerade gerne sehen würde. In der Therapie hab ich so viel über dich geredet, dass meine Therapeutin irgendwann gegrinst und gesagt hat: »Kann es sein, dass du dich in Ari verliebt hast?« Es würde sie nicht wundern, hat sie gesagt. Man verliebt sich in Menschen, bei denen man sich öffnet und verletzlich zeigt. Und wenn ich ehrlich mit mir bin, dann weiß ich, dass sie recht hat. Ich hab mich in dich verliebt. Spätestens als wir den Feuersteig runtergefahren sind, vielleicht auch schon auf dem Sprungturm oder noch viel früher. Ich kann das nicht so genau sagen. Es ist alles ein bisschen durcheinander, und keine Ahnung, ich war noch nie in jemanden verliebt, nicht so richtig. Vielleicht hast du gar keine Lust, dich mit so einem Psycho wie mir abzugeben. Und dann hab ich mich auch verhalten wie ein Arschloch. Ich könnte verstehen, wenn du keinen Bock mehr auf mich hast. Aber falls doch, dann weißt du jetzt, wo du mich findest. Du könntest mich mal besuchen kommen. Wenn du willst. Wir könnten im Park sitzen und den Eichhörnchen zugucken, es gibt unglaublich viele Eichhörnchen hier, und manche fressen dir sogar aus der Hand. Wirklich wahr, du musst nur lange genug warten, dann kommen sie und schnappen sich mit ihren kleinen Pfoten die Nüsse aus deiner Hand. Es kitzelt ein bisschen, und sie sind wieder weg, bevor du geblinzelt hast. Mit einem wahnsinnigen Tempo klettern sie die Bäume nach oben und bringen ihre Beute in

Sicherheit. Wo sie sie an ihre Jungen verfüttern. Oder sich selbst gönnen. Das habe ich noch nicht herausgefunden. Sind Eichhörnchen gute Eltern? Oder sind sie egoistische kleine Wichser, die nur an sich denken? Ich muss das bei Gelegenheit mal nachlesen.

Scheiße, Ari, kommst du? Das wär so schön.

Tom

TAG 49

An dem Leyla mit Yasin Mathe lernt, ich im Bus sitze und es einfach weitergeht.

Heute ist Sonntag.

Ich sitze im Bus.

Ich habe das rote Buch mitgenommen, weil ich fast eine Stunde lang unterwegs sein werde. Es gibt nur noch zwei freie Seiten, ich glaube, wenn ich nachher aus dem Bus steige, habe ich das ganze Buch vollgeschrieben.

Als ich vorhin an der Haltestelle gewartet habe, ist etwas Seltsames passiert. Ein Taxi fuhr in die Haltebucht, die Beifahrertür klappte auf und Leyla stieg aus. Ich habe Leyla noch nie auf dem Feuerberg gesehen. Sie hat mich zur Begrüßung umarmt, und ich habe gesagt: »Hä? Was machst du denn hier?« Was zugegeben nicht sehr freundlich war. Aber sie hat nur darüber gelacht.

»Yasin erklärt mir Mathe«, hat sie gesagt. »Meine Mathenote zieht meinen Schnitt viel zu krass nach unten. Ich muss echt besser werden, sonst kann ich das Medizinstudium vergessen.«

Yasin, falls ich das noch nicht erwähnt habe, ist das totale Mathebrain, er weiß auch mit Computersachen ziemlich gut Bescheid. Wir gehen alle davon aus, dass er später mal fett Karriere machen wird, bei irgendeinem High-Tech-Unternehmen, Google oder was, mit Firmenwagen und Bonuszulage am Jahresende.

»Der Junge ist wie die Ente in dieser einen Geschichte«, hat Teddy mal gesagt. »Ein halbes Leben watschelt er durch die Gegend und wird fertiggemacht, weil er so ein kleines schrumpeliges Entenküken ist. Und dann, eines Tages, stellt sich raus, er ist in Wirklichkeit ein Schwan, und dann kommt er zurück und knallt mit seiner Bazooka alle ab, die ihm früher dumm gekommen sind. Die Rache des Schwans. Kennt ihr?«

»Unlogisch«, hat Lou geantwortet. »Ein Schwan mit einer Bazooka. Wie soll das gehen?«

»Ja«, hab ich gesagt. »Da bringst du zwei Geschichten durcheinander.«

»Egal«, hat Teddy gesagt. »Ihr wisst, was ich meine.«

Und natürlich wussten wir, was Teddy meinte. In spätestens zehn Jahren läuft Yasin mit Anzug und Krawatte durch irgendein Großraumbüro und ist der Traum aller Frauen zwischen Tokio und New York City. Oder vielleicht wenigstens zwischen Frankfurt und Bielefeld oder so. Lou wird irgendwann nach Berlin abhauen. Nur Teddy und ich werden wahrscheinlich für immer und ewig auf dem Feuerberg wohnen und im Park skaten bis zur Altersschwäche. Aber das ist ein anderes Thema. Was ich sagen wollte: Vielleicht hat Leyla endlich kapiert, dass Yasin ein Hauptgewinn ist. Vielleicht will sie aber tatsächlich auch einfach nur, dass er ihr Mathe erklärt.

»Ich hab gar nicht gewusst, dass du Medizin studieren willst«, sagte ich.

»Ja«, sagte Leyla und lächelte. »Gibt glaub ich ein paar Sachen, die du nicht von mir weißt.«

»Hm«, machte ich. »Ist jedenfalls nett von Yasin, dass er das macht.«

»Ja«, sagte Leyla. »Find ich auch.«

Sie nickte mir zu, es war wirklich schwer zu sagen, was in ihrem Kopf vorging. Ich sah ihr nach, während sie in die Siedlung lief, und stellte mir vor, wie Yasin in diesem Moment am Fenster stand und auf sie wartete. Er schwitzte wahrscheinlich, er schwitzt immer, wenn er nervös ist. Später, wenn ich wieder zu Hause bin, werde ich ihn anrufen und ihn ausquetschen. Vielleicht werde ich auch ein bisschen sauer sein, weil er mir nichts von seiner

Verabredung mit Leyla erzählt hat. Andererseits, ich habe ihm auch nicht gesagt, wo ich heute hinfahre. Niemand weiß davon.

Als ich Teddy, Lou und Yasin erzählt habe, dass Tom in der Psychiatrie ist, waren sie ziemlich erschrocken. Aber nicht mal Teddy hat einen dummen Spruch darüber gemacht. Sie machen sich nur wahnsinnige Sorgen und hoffen, dass es Tom bald wieder besser geht. Es vergeht kein Tag, an dem sie mich nicht fragen, ob ich was Neues von ihm gehört habe. Wenn sie wüssten, dass ich ihn heute besuchen gehe, hätten sie auf Garantie mitkommen wollen. Was ja auch irgendwie niedlich ist. Aber manche Dinge muss man erstmal alleine machen.

Morgen ist es exakt sieben Wochen her, seitdem Tom und ich uns das erste Mal begegnet sind. Es kommt mir vor wie sieben Jahre, so viel ist in der Zeit passiert. Wer hätte gedacht, dass der Typ, der vor sieben Wochen in den Park gerast ist wie ein Cowboy auf Koks, heute in der Grünanlage einer psychiatrischen Klinik sitzt und Eichhörnchen füttert? Ich hab keine Ahnung, was passiert, wenn wir uns wiedersehen. Ich weiß nicht mal, was ich sagen soll. Ich bin so aufgeregt, dass ich vorhin beinahe aus dem Bus gestiegen und zurück nach Hause gefahren wäre. Aber dann habe ich zurückgeblättert und die ersten Sätze gelesen, die ich geschrieben habe.

Ich heiße Ari, und dies ist die Geschichte meiner ersten Liebe. Sie geht nicht gut aus, das sag ich euch gleich.

Und plötzlich musste ich lachen. Weil das hier gar nicht das Ende ist. Weil ich noch mittendrin bin. Weil ich wahrscheinlich immer mittendrin sein werde, egal, was passiert. Weil es mit den Enden vielleicht das Gleiche ist wie mit den Anfängen. Es gibt sie gar nicht. Es geht einfach immer weiter.

Inhaltsverzeichnis

Tag 1	An dem es endlich nicht mehr regnet, es dafür High Noon schlägt, Champagner an der Tankstelle gekauft wird und ich knapp daneben werfe.	7
Tag 2	An dem ich versuche, mein Herz zu öffnen, es mir spaltbreit gelingt und Leyla eine Party schmeißen will.	35
Tag 3	An dem Tom und Leyla ein Paar werden, woran ich eventuell nicht ganz unschuldig bin.	42
Tag 4	An dem Pacman gefressen wird, ich trotzdem zu Yasin halte und Tom zum ersten Mal wütend auf mich ist.	45
Tag 5	An dem Yasin und ich einknicken, Teddy in den Teich fällt, Tom vielleicht nicht nur heult, weil er keinen hochkriegt, und ich lächeln muss, obwohl ich gar nicht will.	49
Tag 6	An dem Fanni anruft, ich mit Bob über die Liebe rede und der coolste Typ der Stadt eine Pappkulisse ist, die im Wüstensand liegt.	64
Tag 7	An dem es immer noch regnet, Fanni Kaffee trinken will und Tom zum zweiten Mal wütend auf mich ist.	76
Tag 8	An dem wir die Kaufland-Tiefgarage skaten, über Slutshaming reden und ich ein Versprechen halte, obwohl ich nicht müsste.	90
Tag 9	An dem ich Tom im Regen begegne und Dinge über ihn erfahre, die ich vielleicht gar nicht wissen will.	96

Tag 10 An dem Tom mir Lakritze schenkt, ich über Sex nachdenke und mir schlecht wird. 103

Tag 11 An dem es endlich nicht mehr regnet, Yasin Steine in den Fluss wirft und wir beschließen, ins Freibad einzubrechen. 109

Tag 12 An dem Tom und ich auf dem Sprungturm liegen, Teddy verhaftet wird und ich mir etwas eingestehe. 116

Tag 13 An dem ich Fanni um Hilfe bitte, mich der Teufel reitet, Leyla von mir getröstet werden will und ich erfahre, dass ich ein Bulldozer bin. 134

Tag 14 An dem ein intensives Gespräch im Treppenhaus stattfindet, wir den Feuersteig runterfahren und ich mein Herz aus dem Fenster schmeißen will. 160

Tag 49 An dem Leyla mit Yasin Mathe lernt, ich im Bus sitze und es einfach weitergeht. 187

Dieses Buch wurde gefördert durch das Kranichsteiner Jugendliteratur-Stipendium des Deutschen Literaturfonds sowie durch das Covid-Arbeitsstipendium der Stadt Zürich Kultur – herzlichen Dank.

Dank geht außerdem an:

Nicola Stuart für das Vertrauen und die Genauigkeit.
Marc Koralnik für den Rückenwind.
Boris Dietschi und Kristijan Filic für den fachlichen Blick und wertvolles Feedback.
Luca Hedrich und Simon Garcia für das wunderschöne Coverfoto.
Judith Weißenborn für Zukünftiges bei Kaffee und Bier.
Bene, Damien, Doro, Leo, Marlen, Oski, Rebecca,
Sam und Tobi fürs erste Lesen und/oder für wichtige Gespräche.
M. für die Inspiration zu dieser Geschichte.

4. Auflage 2024

MIX
Papier | Fördert gute Waldnutzung
FSC
www.fsc.org
FSC® C014138

Dieses Buch ist auf Papier gedruckt, für das Holz aus nachhaltiger Forstwirtschaft verwendet wurde.

Druckprodukt mit finanziellem
Klimabeitrag
ClimatePartner.com/13916-1911-1001

All unsere mit finanziellem Klimabeitrag gedruckten Novitäten und Nachdrucke finden Sie auf climatepartner.com unter Angabe der ID 13916-1911-1001. Hier erhalten Sie auch Einblick in die Klimaschutz- und sozialen Projekte, die wir mit Ihrer Hilfe unterstützen.

Druck und Bindung: Finidr
Printed in the Czech Republic

ISBN 978-3-96428-188-3
www.jacobystuart.de